U0827312

不曾孤独
怎会懂得 2

德 鲁 伊　　　　著

作家出版社

图书在版编目（CIP）数据

不曾孤独，怎会懂得2 / 德鲁伊著. —北京：作家出版社，2016.10

ISBN 978-7-5063-8955-6

Ⅰ. ①不… Ⅱ. ①德… Ⅲ. ①散文集 - 中国 - 当代
Ⅳ. ①I267

中国版本图书馆CIP数据核字（2016）第127480号

不曾孤独，怎会懂得2

作　　者：德鲁伊
责任编辑：如　舟
装帧设计：姚姚设计工作室
出版发行：作家出版社
社　　址：北京农展馆南里10号　　邮　　编：100125
电话传真：86－10－65930756（出版发行部）
　　　　　86－10－65004079（总编室）
　　　　　86－10－65015116（邮购部）
E-mail:zuojia@zuojia.net.cn
http://www.haozuojia.com（作家在线）
印　　刷：北京凯达印务有限公司
成品尺寸：143×208
字　　数：193千
印　　张：8
版　　次：2016年10月第1版
印　　次：2016年10月第1次印刷
ISBN 978-7-5063-8955-6
定　　价：32.80元

作家版图书，版权所有，侵权必究。
作家版图书，印装错误可随时退换。

当初 ，谁没在青春的路口彷徨过 ？
后来 ，谁没在未来的道途中孤独过 ？
再后来 ，谁没在人生的弯道上彻悟过 ？
在远行的漫漫长途中 ，
我们路过迷惘 ，路过失望 ，
路过欣喜 ，路过淡然 ，
路过一切繁华消逝的时光 。
它蹉跎了我们 ，也沉淀了我们 ；
它剥去了我们青春的衣裳 ，
也脱下了我们的年少无知与轻狂 。

最终 ，那些属于我们的 ，
还是会出现在我们要走过的路上 。

每一次低头，
都是对自己的肯定。
我们不是变得现实，
而是更能接受现实。
孤独不是失败，
它是与自己对话的最好时光。
因为孤独，我们愈发懂得。

/

人生是什么？
人生就是我们脚下的路，
是一连串生命的体验，
更是一次灵魂的远行。

适应孤独，才能征服这个喧嚣的世界
——我是德鲁伊

“这本书里，有我吗？”

这本书要出的时候，朋友们会这样问。或许他们知道，我的每一篇文字，都是生活里点滴涓就的，人生功不唐捐，于我应该多少会落在文字上。

其实早在出第二本书的时候，和博奕中天策划人孙总谈起，为什么我们总是觉得不安，到底是这个世界充满了未知和不确定——“我们知道的越多，所以我们未知的越多”，还是因为世界跑得太快，我们就像被复制、被模块化了，丝毫没有存在感？

最终也是了了，没什么结果。

于是探讨在不安的世界有没有可能安静地活。

寻找安静，是个流行的事情，“身心灵”也流行了好几年，再间或来点旅行、爱好、断舍离、禅修、冥想、慈悲善行等等等等，招数总是大于目的。片刻的安静之后，却越发觉得世界的不安，越来越觉得自己难于安静。

丛林法则已然从地球上升到宇宙层面，安静永远成了一种逃避，一种奢望？保持着动物本能的警觉和躁动不安，才能在这个丛林社会立足？紧绷、不安、没有存在感，连动物都会短命，人也差不多。在短命和活下去的选择中，我们却还是先选择活下去的好！

于是，不安就不安，世界本来就不安，我们也就将就着过下去吧。

不安的世界安静地活？

成长不意味着成熟，入世的成熟不代表真正的成熟。那些在生活里似乎游刃有余的人们，同样被自己的内心折磨得痛苦不堪。敏感才能嗅到危险，丛林里最需要的是活下去，这成了每个人的人生圭臬。人生说起来无非几件事情——自我的存在、爱、人生的选择、成熟、亲人朋友，任何一项有点恍惚，这一生就会别别扭扭。

孤独是安静的，寂寞是焦躁的。但我们总是惧怕安静，因为安静偶尔意味着与世隔绝、逐渐了无生机。而这个世界变化太快，任何的停滞都会让我们感觉世界将我们遗弃。我们从来不担心自己的未来如何，只担心现在的“我”是否被世界落下。

我们利用我们的记忆、我们的学识、我们的经历，去造就了我们面对世界的眼光和采取的行动。未来从来不属于未来，属于我们的过去，因为我们总是拿着过去的一切解决着面对未来时一切的问题。**安静而充满力量和喜悦的人，他更开放更易接受当下，更能面对未来的挑战。**当下是从过去走来的当下，未来不是你今天思考出的未来，你面对的世界不会因为你的思考就变成你想的模样，但绝对会因为你的“思考”变得不那么美丽。

我曾经唠叨了无数次，爱是一种能力，需要去发现去锻炼去培养，发现爱有时候比感知爱还难。我们给爱增加了无数的定义和形容词，于是就多了无数的计算和衡量，结果要么爱脆弱到不堪一击，要么就沉重到无法负担。把爱简单化，简单去爱；敏锐地发现爱，而不是敏感地去质疑是不是爱，爱才可能被去培养去锻炼。

选择要么充满力量，要么充满毁灭性。想想你自己的一生，似乎就是一个个节点组成的，每一个节点，每一次选择，让你成为今天的你而不是梦想里的你。如何将选择变成推动自己成长、成熟的力量，或许真需要探究。不是问为什么自己会这样选择，而是学会如何选择。

于是我们在孤独里成熟，在孤独里学会爱，在孤独里认识这个世界和自己，在孤独里与世界和平相处，在孤独里学会智慧，在孤独里拥有信仰，在孤独里讲述属于自己的故事或是故事里的故事。

被修行的人生。

“人生是一场修行”，这样的话很流行。修行仅仅是为了安静地活着吗？现如今，修行成了无力面对世界的遮羞布。**生活从来不是修行，你的世界才是修行，你与世界的互动才是修行。被这个世界修行那叫被修理，被自己想当然的修行叫逃避**，一点点波澜，就把人生折腾得够呛。真论到修行，喜怒哀惧该来则来，欲望该有则有，只要不“喜至狂、怒至迁、惧至逃、哀至伤”，就是大智慧。因果不是为了求证的，而是用来了结的，时间是用来验证改变的，只是需要选择需要改变的和值得为之改变的，一成不变属于死亡。看似宁静平和所谓的独自修行，苦是苦了，却敌不过世界一丝丝笑容，战胜得了邪恶的是武力，面对得了温柔的才是力量。自己的人生同样需要一次次的出发，我们只能尽量确保自己跌倒了能爬起来，却不能确保自己不再跌倒。或许这就是人生，这就是人生之路。

编辑这本文稿的时候，园子里假山边，几树蜡梅静悄悄地开了。

这是寒冬时节，数九才开始，春天还很远。于是，有点欣喜，有点疑惑，有点怜惜……**或许如每一个人的人生，不管你如何去想，人生在给你一个个惊喜的同时，又让你充满惶恐。**

再一次感谢博奕中天的孙业钦，感谢左岸读书，感谢那些看到我文字，从里面读出我的生活，读出他们自己感悟的读者们！更感谢作家出版社，在如此纷繁的世界，还能坚守文字的力量、苛求文字的意义，这份担当堪称洪范，也是让我继续不停写下去的动力！

岁初冬日艳阳

于长安城

CONTENTS ▶

不曾孤独
怎会懂得
2

CONTENTS ▶

不曾孤独
怎会懂得
2

第一章　这些年，我们都忘了爱自己

在这些孤独的长夜里，我们需要自己给自己温暖，自己爱自己。

我们每个人都想亲近这个世界，
都想爱这个世界，
但是，不要忘了，
你只有先亲近了自己，
才能真正亲近这个世界。
一个与自己疏远了的人，
一个抛弃了真实自我的人，
一个不爱自己的人，
根本不可能爱这个世界。

感情的树和感情的菜

现代人什么都可以付出，包括肉体、精神，但最为吝啬的永远是自己的感情。于是也很害怕，没有人不怕伤害。感情这棵树根很长，感情的树越茂盛，你越与它融为一体。你要忍心拔除它，它会告诉你什么叫撕心裂肺；什么叫伤筋动骨；什么叫水土流失；什么叫骨血相连。

被老婆大人驱赶着去买菜——很少逛菜市场，过去除了到陌生城市爱去菜市场看城市的本来面目外，在家很少这么做。

北方的菜市场很粗放，沾着泥的菜一般都会认为是好东西。嘈杂，人声鼎沸，和江南的细绵水灵大异其趣。蹲在一个菜摊前，看着别人买菜时挑剔择选，自己也装模作样甩泥、择老叶子。

与卖菜人有一搭没一搭地聊，什么算好菜。“好菜根短”，回答很简单。好奇地问为什么，卖菜人很肯定也很不耐烦地说：“好树根长，好菜根短！不晓得？”他开始拿着喷壶给菜喷雾，已经有点南方卖菜卖水灵的感觉了，间或着抬手阻挡那些择菜的手，嘟囔着不让做得过头。

“好树根长，好菜根短？”

我有些茫然，怎么会是这样呢？是啊，菜要鲜嫩，要水灵，只好在长得快上下文章。想起现今有无土栽培，菜在暖棚里，根在营养液中，长得鲜活而快捷，口感绝佳。上到货架上博得一致仰慕，一干大众恨不得生噬为快。要么应时应景，要么反季节的惊喜。如今的蔬菜，我们不用担心四季时令了，只需要选择我们喜欢的就可。

而树在土中，大地滋养，四季轮回，风雨干旱，缓慢而艰辛。根在土里探索和追求，与大地一世的纠结、缠绵。老话常说“树有多高，根有多长”，大树是土地的一部分，它吸收着土壤的养分，同样回馈着大地，努力向天空和地下衍生生命。

那关感情什么事呢？

欲望社会，一切的出发点都是欲望，谈感情是个汗颜和自觉愧疚的事情。感情弱化到似有似无、可有可无。**我们把欲望包装成“感情”，只是为了填饱欲望挖的坑罢了。**于是，“感情”这玩意儿，现在更像快餐、毒品或安慰剂，刺激而标准化、快捷，而无关痛痒，而鲜活。

现在的“感情”是蔬菜，大餐都不是，只需生吞活剥，看着美丽鲜活就好。在心里，只需建个暖棚，风吹雨打也不害怕，滋生些感情的营养液，菜很好长，收获期很短，快速、灵活、多样。

哪天厌倦了这份“感情菜”，不需要了，从营养液里拿出，阳光下要不了一天就消亡。你也乐于常换常新，百无禁忌，百味可尝。暖棚嘛，不大还不占地方，也就对荒芜的心没有什么影响。内心黑暗没有阳光也可，有灯喽；内心如泥沼没有土壤也行，有营养液哦。

多好！现代社会的人多么幸福，一夜情、爱情快餐、肉欲博弈、寂寞游戏、填饱欲望，忘我而刺激，瞬时满足瞬时抛弃，单曲循环或随机播放。古代我们靠修行、冥想修养自己的心，现代我们有感情如菜，似乎一样的效用。现代人总是那么的聪明，现代人不要感情像树，只要感情是菜。**人总是畏惧人生却充满欲望，惧怕这个世界却又没有耐心和勇气。于是，人只要养活自己，快乐之于人是欲望的满足，享乐和快乐基本是同义词。**

但再想想，或许该恐惧的。这个菜要你的心去压榨出营养液，它没有给你留下什么，除了派生一点新的欲望，一点瞬间的满足。快餐最大的好处在于方便，最大的坏处在于没甚营养，甚而遗毒体内。总觉得现代社会，人什么都不会缺，唯一减少的是内心的感情天地。是因为物质太丰富所以感情越贫瘠，还是感情越贫瘠越追求物质？这个感情菜，将你内心感情那些微的绿色消耗，内心因沙化而寥落而心生恐惧。些许的绿色与泉水，也被消耗着，感情菜需要消耗你的心血，丢弃时很容易，滋养感情菜则要消耗你少得可怜的营养。

或许，还是喜欢或渴望，在心里种些树。或许很难成才，但终究会成长壮大，能为你挡风遮雨、保水增绿，会绿草如茵，会百鸟晨鸣……会让你沙漠化的内心，看到希望与未来。沙进人退与人进沙退，多么大的区别。人最佩服的奇迹就是填海造田、沙漠的人进沙退吧！那些沧海桑田的变幻，自己可以做的时候多么的兴奋，可以看到自己的变化，可以滋养自己的内心。

现代人什么都可以付出，包括肉体、精神，但最为吝啬的永远是自己的感情。于是也很害怕，没有人不怕伤害。感情这棵树根很长。感情的树越茂盛，你越与它融为一体。你要忍心拔除它，它会告诉你什么叫撕心裂肺；什么叫伤筋动骨；什么叫水土流失；什么叫骨血相连。

很多时候你或许明白，无限广阔的内心，不是不丰腴，只是你缺少种下一棵树的笃定而已。你没有感情的种子，有了也没有坚定的心去栽培，这永远比贫瘠之地广种薄收还悲哀。

我只爱属于我的你

如果你对爱疲倦了绝望了，问问自己，再来一次你还会爱吗？不爱，那现在的爱已然结束了；还爱，那改变现在就好，不用再来一次吧。

小A在我对面坐着哭，哭得梨花带雨、风云变色，哭得万籁俱寂、神鬼绕路，间杂着一些“我怎么怎么样，他怎么能怎么怎么样；当初我怎么样，他那时怎么样；现在我这么样，他竟然这么样……”的车轱辘话。

小A的哭属于没有品的，人家哭是哭，说是说。她是杂家，哭一下说一下，擤擤鼻涕，哽噎一下下，项目繁多。女人哭，或是哭诉，你最好别插嘴，学会捧哏的哼哈就行。她就是为了哭和说而已，难不成你把她嘴堵上、脑子冰冻？

哭的行为艺术差不多了，我问她：“如果让你再来一次，你还和他相恋吗？”“绝不。”“你确定？”“我……”我知道她会犹豫，总是有人会经不住追问的，跟每个人都喜欢拥有选择权，但真让她选择，她一定不选一样。

……

如果你对爱疲倦了绝望了，问问自己，再来一次你还会爱吗？不爱，那现在的爱已然结束了；还爱，那改变现在就好，不用再来一次吧。

秀甜蜜的时候，一定是“我的那个他”“我男朋友”“我老公”；到了咬牙切齿的时候，一定是“他”“那个狗东西”。言下之意，属于自己的时候是好的，或是属于自己的都是好的；不属于自己的时候就是万恶不赦、狗屁不如。

爱是焦虑和愉悦的混合体，焦虑是怕失去、怕改变，愉悦是因为共处的幸福感，怕失去是否代表你就占有了呢？爱是占有现在，幻想未来？占有了你就有安全感，于是就有幸福感？你爱的到底是你的他，还是他？

你爱属于你的他，于是你会因为付出得不到回报，付出得不到你想要的回报，害怕失去这个占有，而不停地验证和紧紧抓住，不停地跟他和一切的人说，他是“我的我的我的”。因为他是你的，所以你需要你想要的他，算不得交易，起码也是一种YY出来的他。

或者因为他是属于你的，关键不是他是谁，关键是他是你心目中的样子？要么你把他修剪成你要的样子，要么烂在你的手里？也或许因为他是属于你的，所以你特别的纵容无下限，然后你反而找不到你自己了？

还是因为你觉得他是属于你的，所以你就原形毕露、变本加厉？爱成为理由或是借口的时候，不知道是爱的悲哀还是爱的死亡？因为你爱，所以你就可以占有他，就可以验证他、抓紧他、让他做他不可能的他、让你随意地拿着爱说事？

爱会产生愉悦，未必产生幸福。幸福来自安全感，那这个需要验证吗？最大的戏谑，该是你以为你占有拥有什么，其实已然不拥有或是纯属以为占有吧。你爱了，就需要幸福，就需要安全？那跟爱关系不大了吧。

因为彼此独立所以彼此吸引，爱也就因为独立而产生。所谓的爱情，无非是想把这份吸引变成愉悦，彼此的独立变成两个人共同面对

世界。而你把爱变成了占有和焦虑，变成了属于你的他和活生生的他之间的差异，这个爱情怎么看起来都有点基因突变。

爱情这东西，从你认为他属于你那一刻开始，就已然怪模怪样了；从你开始设计他应该是什么样的时候，也就彻底变异了。面对基因突变面目皆非的爱情，要么你拿着婚姻去整容，要么拿着泪水和恐惧去讨好麻木自己，要么也无非是情老人悲、痛恨爱情、决绝分手。

不是他不应该为你做什么，不该改变什么。**爱情本来就是心甘情愿的改变**，总是需要为了两个人的共度时光努力改变和去做很多事情。但你只爱属于你的他时，改不改、变不变，爱情已然死了。死了的东西，你还拿着说事，有点诡异和寒气森森吧。

……

再来一次，你爱不爱？

爱情不是一种承诺，不该是心存遗憾地说“我下辈子一定还要和你怎么样”；该是可以安静地说“这辈子在一起的时光，我很庆幸有你，下辈子遇到，我是我，你是你”。可以爱，也可以不爱。

再来一次，你依旧爱，是因为这次你觉得他改变得不够，共处时有太多的遗憾。过于短暂的时光，没在最好最美的时节相遇？因为你要的没有得到，还是愧疚于他？那爱不爱，跟交换利益差不多，也就没必要拿着爱说事，继续你的欲望、恐惧、利益、博弈而已。

……

小A不哭了，因为我知道她迷茫了。她未必听得懂，我未必说得明白，或许我也压根不明白。

如果你不是属于我的，那爱又是什么呢？

爱如拔牙

该拔的牙总是要拔掉，要不真的很痛，只是为什么总忘了是如何到了必须拔的地步。爱该走的时候一定会走，很痛，有很突然的、也有自愿的。你可能会忘了为什么爱会走，如你忘了对牙的养护，忘了怎么使唤牙齿，忘了留出点缝隙，你不是照顾，而是不停地找什么牙签之类的折腾。

“爸爸，爸爸，我又掉了一颗牙。”儿子跑过来，给我展示掉的牙齿。

“爸爸你看，这牙长得好丑哦，就是那天给你看已经动了的那一颗。”

“哦，那是下边的那一颗，记得扔到房顶上哦！”

“爸爸，我都掉了14颗了，我们班还有掉10颗的，那个×××都掉了28颗了。”

“记得不能舔哦，舔多了长歪了，爸爸牙齿就是掉牙老舔，长歪了。”

“好的，知道了。”

延续每个家庭的老习俗，每个孩子的经历。牙掉了总是很丑的样子，是因为可以近点看，还是因为无用了？掉了牙齿，没谁不舔，至于长歪和这个有什么关系，谁知道呢？孩子掉颗牙齿欣喜快乐，或许跟证明成长有关；成人拔颗牙，痛苦得无以复加；及至老了，掉颗牙，总会感慨自己老去的人生。

突然，想起前几天看到的一个段子：“我的牙医曾经跟我讲：‘放手如同拔牙。’拔掉的那一刻，你会觉得解脱。但是舌头总会不由自主往那个空空的牙洞里舔，一天数次。不痛了不代表你已完全无视，留下的那个空缺永远都在，间或甚至异常挂念。适应是需要时间，但牙总是要拔，因为太痛，所以最终还是要放手let it go。”

放手如拔牙？爱如牙齿？爱如拔牙？

有些东西，存在得很卑微和不彰显，却又重要得无以复加，如牙齿，如爱。牙口不好，吃嘛嘛不香，这个人生起码无聊得紧。缺了咀嚼的快感和加工，味道不好不说，似乎也不易消化。不好好养护，自然早晚让你吃痛。也有相信牙齿万能的，恨不得展示自己能啃砖，于是早晚满嘴漏风；过于养护的，冷热酸甜不沾，定期美容的，也或许过头了，一颗沙子就崩掉了牙。

小孩子掉牙，从来不担心，因为还会长出来。类似你曾经青春的爱恋，你永远会觉得未来的更好，甚至松动了，还没事晃晃它，让它早点掉。除了第一颗牙，大惊小怪，留几张羞涩的抿嘴照片之外，其他的牙早就忘得干干净净。掉的时候，没事舔舔，后边长出的时候也舔舔。前边的和后边的关系不大，偶尔形状大小，似乎也没什么关系。

成年了，这个牙齿最好别惹事，但凡惹事都是痛苦事儿。以为自己成熟了，习惯了，但真碰个要拔牙的事情，那痛不欲生的样子，比小孩子还不如。有人拔牙干脆，长痛不如短痛，拔了透风还凉快。有人充分享受牙疼的痛苦，那是要自己充分享受、给别人充分展示，见了钳子那是惊恐万状，打了麻药，也要痛苦地哼哼哈哈一下，应景表现。拔掉了的牙，要收藏几天，随处展示和暗处审视，回想回想痛楚，却一定忘记了牙齿曾经的模样和效用。

倒也有另类的，一个狗啃屎，门牙崩掉，飞来横祸。或是纯粹为了美观，敲掉满口牙齿，做个烤瓷的，洁白如玉，光亮如新。且不论是拔的、磕的，还是为了看着美丽换的，光鲜是够了，功能也算完善了，可惜的是咀嚼无力，影响口腹之欲。

该拔的牙总是要拔掉，要不真的很痛，只是为什么总忘了是如何到了必须拔的地步。爱该走的时候一定会走，很痛，有很突然的，也有自愿的。你可能会忘了为什么爱会走，如你忘了对牙的养护，忘了怎么使唤牙齿，忘了留出点缝隙，你不是照顾，而是不停地找什么牙签之类的折腾。

你以为爱是万能的，和以为牙是万能的差不多，真不是万能的时候，一定是痛；你过度养护的，早晚也告诉你那个东西是用来用的，用来生活的，还是痛；你没事因为一点点缝隙就不停鼓捣，不去补救还不停折腾的，早晚要告诉你需要拔了它，依旧是痛；至于事发突然，或是为了美观，看似无奈或是坚决，最后的痛似乎耐得住，却早晚让你食之无味。

一个医生朋友说过：牙齿这个东西很神奇，你掉了一边的一颗，可能影响你很多的咀嚼，因为你会换边咀嚼，会累及另外一边加速老化；还告诉我，牙齿还是原装的好，因为咀嚼的感觉是食物味道的一部分；没事叩齿三百下，会当八十碎核桃；牙签比牙齿问题更邪恶；智齿这种成年后的牙齿，没事摘掉算了，要不它老和原配争位置。诸如此类的。

哦！那我呵呵一下，呵呵！初恋如牙箍，虽然很痛也让你青春期随时惦记，但成年后还是满嘴好牙，好用好看。牙到拔的时候就拔，但记得未来最好养成好习惯，别总拔，该补要补，该养护要养护，该使用使用。不羡慕别人的洁白，要得意自己的健康，牙拔掉了，可以舔，毕竟空缺了，毕竟漏风了，可以惦记怀念，但还是要补上新的，聊胜于无。你也会忘了曾经的牙，除非因为牙掉的期间，你改变了咀嚼习惯，从左腮帮子胖，转成右腮帮子胖，倒是平衡了，就是胖。

爱就是爱，牙是牙，半毛钱关系都没有。

倒是爱，没有无用的爱，也没有万能的爱。爱不是为了外面的谁看着漂亮，爱是让你活着更有滋味的。爱不是没有，就让你活不下去的东西。爱会让你活得更久，虽不起什么决定性的作用。爱需要养护，但既不是跟缝隙对练，也不是养护过分，除了偶然失去或你刻意放下的，你总是能让爱更长久些。真的有一天，该放下了，还是放下，痛也好珍惜也好，总要放下才好。

你的牙还好？你的爱还在？

不被绑架的爱才是爱

爱情是坚强到可以以死付之，又脆弱到加一点额外的要求都会崩塌的玩意儿。虽然一百个不愿意承认，但欲望和物质一定可以打败爱情。但这个跟有没有爱情关系不大，爱情不是武器，最多是个安慰剂。或许人生的幸福本身就是安慰剂，但还是需要追求和体会。

梅花开过了，就算是落雪纷纷，大地也不领情，不打算再涂抹装扮了。于是洋洋洒洒也罢，鹅毛妩媚也好，一概落地成水。偶尔树木草地还多情点，薄薄的一层雪暧昧着。

像不像情人节里的玫瑰，每一朵玫瑰都代表爱情，却在这一天待遇殊异？垃圾桶里的代表拒绝；抱着的代表温馨；隔夜还抱着的代表温馨加开房；泡在洗澡水里的要么是女汉子，要么就是暧昧和情色。有情无情的跟东西代表什么无关，只跟心情、心境有染。

爱情这个东西，自从同性都开始吱吱冒油火花四溅，普罗大众还都见怪不怪，高喊“在一起”的时候，我想非人类灭亡不足以使其消亡了。爱情跟病菌的生命力差不多，不知道什么时候能发明疫苗灭了它。

只是不明白，是个节日都往情人节上扯的年代，逢了节日，网络上温情感人的不多，吐槽泄欲的大把，“嫌货才是爱货人”？这个时代，恐婚恨嫁都是小儿科，剩女凤凰男才是王道。得不到的是男神女神，得到了也打死不承认和爱情有关，大叔不可控，萝莉不萝莉。放眼望去，满世界走来走去的，都是“恐爱”一族。

在酒吧喝杯饮料都能应景装醉；得上一场感冒都感觉全世界都离你而去；失个恋最好明天太阳不要升起，好让你流泪流到过瘾流到死最好。那份代入感和纠结，比爱情这个词汇包含的含义都丰富得多。“炸鸡+啤酒”是爱情，其他一概不论的时候，你的爱情近鬼神，远人伦。

春天来了，倒是太多所谓的爱情怕见光死。有人因为知道见光死，而选择一直在阴暗的角落存活；有多少人因为知道见光死，而选择面对阳光，死了拉倒；有多少人想赌一把见光不死，选择上蹿下跳、拼死一搏？

宅男宅女们，有本事安排24小时，生活丰富有趣的叫“宅”，那种畏惧世界的、见不得喧嚣的、跟世界不能安然相处的，最多也就是个乌龟精灵附身。心在哪儿，宅在哪儿，居心和心居，总得和自己和平相处吧。拿着这样的宅，去博爱的惠顾，其实自己早知道，这样的自己要不要爱情似乎也不打紧。

或者把爱当个物件儿，呼之即来挥之即去，坏了换一个。也可以如万恶的苹果肾机，因为潮流时尚，还没坏也要换个新的。要不咱把爱情当宠物养，猫有猫道，狗有狗路，只要别养条蟒蛇，没事量量你的身体长度就行。因为有攻略，有手册，高兴了就宠宠，不高兴再说？

这个社会的多元没有体现在温和待人上，都体现在自我分裂上了。自己都千变万化，阴晴不定，还非得要求爱情的对方，学会千般逢迎，万种柔情。总之一定要拿爱情说事，做不到的一定不是真爱。即便是天上掉下来的林妹妹，百般心思羸弱身体，只能靠石头里蹦出的悟空哥哥伺候，就那还差着几十般的变化，估计需求观音姐姐化解。

又或因为他爱我所以我爱他？因为他明天似乎会比今天好，所以今天我决定爱他？因为他能保鲜，所以我决定生产爱情？还是他有肥料，所以我决定种下种子？又或者我是藤蔓或是小苗，他是花架或是大树？

爱情这个东西，你把它想得太圣洁，它就总是给你标注点痦子麻点，反正让你没有完美的可能。审视爱情时，每个人都成了处女座，强迫症、洁癖。但你把它想得不纯洁些、物质化些，这样现实了吧。但真开始计较得到失去的时候，你又装扮得跟个天使似的，痛哭流涕。看样子，爱情还是离你远点好。

反正失去自我的，不管多么轰轰烈烈，怎么看都不像爱情，倒是像了僵尸来袭，蜘蛛涅槃。反而那些两个人打碎血肉，搅拌点生活的水土，建个家庭挡风遮雨，虽然血腥，但似乎还有点爱情的影子。

想来，爱简单到只要你自己还存在就好，或是复杂到有了爱情世界都美好了。再极致些，有了爱情世界关我何事，或是爱情来了，这一天就足够；或是同行过就好；或是这一辈子才足够，下辈子咱换人；或是下辈子再继续……

爱情是坚强到可以以死付之，又脆弱到加一点额外的要求都会崩塌的玩意儿。虽然一百个不愿意承认，但欲望和物质一定可以打败爱情。但这个跟有没有爱情关系不大，爱情不是武器，最多是个安慰剂。或许人生的幸福本身就是安慰剂，但还是需要追求和体会。

爱没有被其他的东西绑架，爱没有被爱绑架。这个爱情虽然七零八落，但将就着还算爱情。

最爱无能的人

这个世界会越来越荒凉，因为充满无力的爱和最爱无能的人。也或许，世界从来不荒芜，只是我们需要学会不在爱前踯躅，不在没爱的时候渴望爱。

一个朋友，一直把我当心灵氧吧，没事就跟我聊些感情事儿。她说“大叔”最邪恶的地方就在于，同样的事情大叔可以寻找出事情背后隐藏的东西，也能给予无穷多看似都切实的却截然相反的可能，她越来越糊涂，大叔却永远意志坚定、认识明确。

她来自淮南那一块，谈不上怀揣梦想，据她说只是想做自己喜欢做的事情，我倒觉得是她不得不做这些，因为内里的性格。大约半年前，她换了工作，一是为了更好的发展；一是断了前缘、换个心境。**在北京漂着，总是需要最大的梦想和最随遇而安的心情。**新环境她适应得不错，自然认同度和融入感不错。

然后就喜欢上一个男孩子，那种有着才气却又无限自卑的男孩，将北漂当作自己最后的一站，只能到来不能归去的架势，外表阳光而有才气。也是阴错阳差：他俩一方面被同事们挑拣到一起成为话题，一方面互相多少有点好感。

现在年轻人总是很早就决定自己想要什么、需要什么，也不管自己也许没过多久就换个新的思路。过去的年轻人，面对世界喊着“世界我来了”，然后被世界磨砺或是虐待。现在的年轻人，面对

世界，拿出魔法棒“世界，你要这么样”，然后被世界告知你就是胡思乱想，要么打得你退回去做梦，要么就让你觉得世界很亏待自己。

她觉得自己需要被呵护、被宠爱、被欣赏，自己要努力做到别人觉得值得为这些付出就好了。而那个男孩，成功的时候会归结为自己的努力，失败的时候多数时间会埋怨自己的出身和别人不太理解他，无视他的付出。越自卑的人越自信，可怜的才气也会被幻化成光芒万丈。

她一直很纠结他是不是喜欢她，这个喜欢总是被明确地界定为生活工作里点滴的事物。这个事情如果是喜欢应该是什么样的，如果不是什么样的就是不喜欢。一般人喜欢了应该是怎么做的，他没有做就是不喜欢。基本一个活生生的人，被界定为一个必须遵守的学习和实践，爱情是学成毕业的架势，没有修满课程，就没有毕业证，还不能挂科过多，也没有学位证。爱情是个毕业证？婚姻是个学位证？

我说她是母性大发、感同身受、新环境适应症，她自然是坚决否认。我说她因为前缘才决定现在的缘分，因为想遗忘过去所以才决定当下的选择。她自然认为都应该是随遇而安，安之若素。在梳理不清的时候，她给我的信息也有意识筛选了，像个政客般只努力宣讲自己的主张，却永远不承认自己对情况的辨析不明。

爱，于她类似于数花瓣，随时地问他喜欢我、他不喜欢我，摘来摘去，剩下的已经不是花，而是光秃秃的花枝。打着怕受伤的口号去躲避付出和验证，这个爱有点自顾自。爱在现在，基本被定义成一种满足，言下之意是“我缺所以我要”，我要的还不是你能给的，而是我想要的。

我劝她享受自己，爱这个东西是自己的能力、自己的成长。泉眼干涸是自己的事情，别想着谁给你注水，那不过是猪肉无奈的命运。

你需要泉眼，也需要环境的生态，需要互动和验证，但需要的是证真而不是证伪。泉水多了，自顾自地蓄积成了堰塞湖，非出大事。她却是永远珍惜自己的爱，觉得付出一点就会少一点——因为我的爱没有回报，所以我的爱就会减少。这样的逻辑看似荒谬，却又无法辩驳。

一直觉得你爱是因为你还能爱，对面的人只是恰好出现罢了。爱情永远是邂逅，邂逅之后如何，无非是你愿不愿意享受自己罢了。**你永远算计不过人生，因为你想要的不是不能得到，而是你瞬间又变换了要求。**你喜欢的人会变成你想要的样子，但你是否愿意等待成熟，或是迎接失败。

陌生到邂逅，邂逅到喜欢，喜欢到爱，爱到爱情，爱情到婚姻。每一步都是蝶变，每一步也可能是湮灭。每一步你验证得越久，越自以为是，无非告诉自己，该蝶变的时候要忍耐，等着外面的环境相宜才可，但却又一次次将胎死腹中变成现实。破茧成蝶总是每个人的梦想，但可惜绝大多数都胎死腹中。人生的梦想如此，人生的爱也如此。或许正因为如此，才值得去等待成熟，或是去爱。

人生会遇到很多有生命的事情，例如爱。爱自己有自己的生命，看似相似，却永远不同。爱的每一个阶段也是独立的生命，你因为下一段的生命要求这一段的人生，或许也永远是设计爱而不是享受爱。

男孩子努力修行杀龙的技巧，不知道会不会有朝一日位列仙班，屠龙杀魔，他的成功、成熟永远需要等待；而她学着自顾自地活下去，学着吃饭的技巧，然后成为人生的大厨。于是，或许谈不上爱与不爱，而是敢不敢去爱，敢不敢享受自己罢了。

最无力的爱，自然催生最爱无能的人。越需要证明的爱，越无力，只会证伪而不会证真的爱，无非是两个演员在飙戏，两个人旁观

着自己怎么逢迎彼此，虐待自己、虐待对方，双方无非是角色，大可尽情演，因为毕竟不是自己。

这个世界会越来越荒凉，因为充满无力的爱，和最爱无能的人。也或许，世界从来不荒芜，只是我们需要学会不在爱前踯躅，不在没爱的时候渴望爱。

爱的十诫

爱从来不是一种信仰，自由也一样。爱情本身不算一回事，总是在你当回事的时候很凄苦；爱情也从来不是稀缺品，但当你把它看作稀缺品的时候，你也就很悲剧。

信仰这东西，抛开终极自由这个命题，剩的无非就是心灵皈依、人生戒律。遵循仪轨、心无旁骛，甚而言行的细枝末节，自然信仰得以达成。信仰是个充满勇气和热情的玩意儿，永远不像人生那样，简单里有繁复，繁复里有简单。

谈到爱，这个连信仰和自由都无法规避的命题，不知道靠着勇气和热情就可以所向披靡呢，还是循着仪轨就可达成？也或许，该需要随时明白，这是不是爱，是不是依凭着爱的十诫？

第一诫：除了我以外，你不可有别的神；（除了我，你不能爱别人？）

爱本自私，但什么时候成了专属？当爱成了专属，拘囿和所有权是让爱有了计算的价值，还是纯属只有专属的才是爱？当你要求爱只针对你的时候，那你会如上帝般地存在吗？

爱是个开始，不是一个结果。一点点荷尔蒙，一点点似曾相识，一点点冲动，一点点共鸣共振，平等到不能再平等的才是爱。**爱上你，是因为你们可以和谐而舞，不是他或她从此看不到这个世界，只单纯属于你。**

第二诫：不可制造偶像与拜偶像；（爱是崇拜的时候，爱已经死了）

我们总是把仰慕、倾慕当作爱。我们渴望拥有我们仰视得见的东西，却永远拿着鄙视斜睨的角度看周遭。我们已经学不会平视这个世界，我们充满自傲却又无底线的奴颜婢膝。

任何的偶像都是幻化来的，任何的崇拜都是被崇拜者的固化。你有多么糟蹋和鄙薄你轻视的那些人，你所崇拜的偶像也会变本加厉地对你。爱是崇拜的时候，爱已然死了。因为你固化了一个活生生的人，而且还跪拜着仰视。

第三诫：不可妄称耶和华的名字；（学会不拿“爱”这个字说事？）

我们爱的时候，最大的理由是“爱”：因为我爱你，所以你应该怎么样；因为我爱你，所以我不必把你当作一个活生生的人，可以伤害、可以拘囿、可以塑造；因为我爱你，所以我不必怎么样，而你必须怎么样。

在你把爱当作理由的时候，编造出来的无非是五花八门的借口。如果爱是别人必须做什么，而你不用做什么，这个爱就如神的名字，在你的嘴里是借口，在别人的心里是真正爱的信仰。

第四诫：当纪念安息日守为圣日；（让爱有喘息的机会）

太多的爱是一种攫取，是一种占有，是一种压榨。纠缠和牵绊，互相的缠绕，拼命地互相榨取。爱到窒息，爱到血液凝固，时间停止，爱到一时一刻不能分离，整个世界都与爱无关。

爱如果是一颗种子，那就需要时间、空气、水、阳光，就需要你等待成熟，让它有机会成长。真正的爱，同样需要你学会让爱喘息，让爱在休憩里产生爱，而不是在攫取里压榨爱。

第五诫：应孝敬父母；（爱不是你对抗整个世界的理由？）

你从人生来，向未来走，这个人生是世界给你的，不是你自己造就的。而你，因这所谓的爱，抛弃这个世界，抛弃你的人生？别人爱你和你的人生有关，你却抛弃整个人生似乎都是为了爱？因为你是你，别人才爱你，你却要遗弃自己去爱？

爱是你人生的一部分，也是你世界的一部分。善待你的世界和人生，你自然不会把爱与你的世界对立。那些觉得自己的人生、世界都可以为爱抛弃的人，爱也会抛弃你。

第六诫：不可杀人；（爱是你要对方改变的理由吗？）

因为他是他，你选择爱他，而因为爱，你就要求他脱胎换骨地改变？或是，因为爱的理由，你要他成为你心目中完美的人？因为你自己的不完美，你才会去爱，却要求他从不完美变成完美——他完美了还会爱你吗？

你借着爱的理由，扼杀一个他或她，反过来，这样的爱不仅伤害了你，同样杀了你自己。**借着爱的名义屠戮别人的生命，这是爱最大的悲哀。**

第七诫：不可奸淫；（爱不是为所欲为？）

爱对太多的人，意味着欲望的满足、释放，于是充满着恐惧和博弈。在他们看来，爱仅仅是为了逃避人生必须经历的事，爱成了唯一可以为所欲为的事。因为世界不允许你为所欲为，因为人生不允许你为所欲为，所以你在爱里为所欲为？

欲望的满足和释放，充满了交易和计算，于是充满因为未知和想象之间的不同；于是充满恐惧却又乐此不疲。**你以为可以拿欲望交换欲望，最后的赌资却是干瘪的灵魂。**

第八诫：不可偷盗；（投机取巧的爱？）

没谁愿意真的为爱付出，只会计算付出后的收益；没谁愿意去盗窃什么，但愿意窃取爱。连交易都不愿意做的人，爱对他来讲自然是一种偷盗，偷到了我窃喜，没偷到最多是个名声不好罢了。

爱如果不诚实，该属于偷窃别人的自由吧。偷窃的人，因为终日考量别人的疏忽、漏洞、时机，也成了不自由的人。今天的机巧，成了明天自己必须去圆的谎言。任何一次谎言、机巧，都简单稀松，但最终谎言的累积自然是灾难，机巧的重复自然是束缚。

第九诫：不可做假证陷害人；（杀死自以为的敌人，靠的应该是爱而不是战争？）

爱如果没有让你觉得世界美丽，而是让你对周遭充满敌意，那任何打着爱的旗号的事，都是作伪证，陷害自己的人生。你为了与他或她的爱，不是去爱他或她，不是去展示自己的爱，而是去陷害那些你以为与你竞争的人？

爱是两个人的事情，你却把它当作一场多人的赌局和竞争。当你提防摘桃子的人，其实失去了感受爱成熟的机会。**没有谁会因为自以为是的竞争而显得美丽，人只会因为全心全意的爱而芬芳。**

第十诫：不可贪心。

我们都是爱无力、爱无能，因为我们总是想着：“我最大的爱就是我爱你就行了，我快乐地爱着你就行了。至于你是否快乐，或是我应该怎么努力让你快乐与我无关。”

我们也总以为，爱是个方式，没有这样那样的方式，我们的爱就不是爱。于是我们在彼此喜欢的时候尽情放肆，却在爱前拼命克制。

爱从来不是一种信仰，自由也一样。爱情本身不算一回事，总是在你当回事的时候很凄苦；爱情也从来不是稀缺品，但当你把它看作稀缺品的时候，你也就很悲剧。

爱不需要信仰，也就不需要十诫，但需要让你的爱，与你的人生学会分享。

你爱无能，爱无力，还是天生受虐狂

爱是身体和灵魂的附属品时，爱总是需要身体去满足欲望，灵魂去谄媚爱的验证；身体和灵魂是爱的附属品时，是彼此欣赏、彼此愉悦、牵着手告诉人生：我不需要爱的验证，因为我们在爱着。

公司里的年轻人很多，于是总是充满恋情和欲望的味道。

我从来不反对办公室恋情，因为现在的年轻人分不清同事、朋友的区别，工作氛围和交际圈子的区别，再不给点机会创造点缘分，也会对工作懈怠。

郭子和娟子，一个本地的，一个漂在这个城市的。他们在公司相遇的时候，似乎都有着当时的女/男友，不过在所谓的缘分挑逗下，都变成了前任。郭子倒是很卖力，每天一大早从城南奔城西，拎着早餐送娟子上班，也接下班；小礼物不停，吃喝玩乐的，买东西倒是少，毕竟工资都不高。

娟子对爱舍得的很，就是小性情、小要求多点。没有按着自己的路数走，基本就是电闪雷鸣。郭子基本活在惶恐中，在我看有点受虐狂，未经太多的人生，要字字斟酌对方的话语，或是一个眼神一个动作的分析，也难为他了。基本在公司那是目不斜视，女孩子一概拒绝。因为公司女孩子多，到最后搞得郭子只能看地或是仰着头看天，话少得可怜，那神态跟精神病院跑出来的差不多。

娟子不拿分手威胁，偶尔会拿身体或是冷战胁迫，基本郭子就一个束手就擒。七擒七纵之后，娟子洋洋得意，郭子也暗自得意，各得其所的感觉。起起伏伏，甜甜蜜蜜，不求未来，不问过往，世界也就不那么残酷、不那么功利实用，爱情的力量也蛮大。

但是我把他俩开了，在公司秀恩爱，碰了我底线，然后就劝退了。

求情的人不少，虽然秀恩爱死得快，那也是他们自己作死，我这么做，总是有点不近人情，下不为例呗。我说，秀恩爱从来不反对，但在公司还是老实点。反过来说，不分场合地秀恩爱，要么是心虚自己其实没那么恩爱，所以秀给别人看；要么就是控制不住自己的欲望和身体。这两点，于他们、于公司，无论哪一点，对公司都没什么好处。

荷尔蒙和身体有关，年轻总是让激情随时爆发，意志力是个慢启动的家伙，等赶上荷尔蒙逐渐体力不支，还要等上几年。但是心虚，到底是不是爱，这个倒是出生伊始就能纠结你一生的事。

小屁孩的时候，总质疑爸妈是否爱自己，在乎老师同学爱不爱自己，算作未经人事罢了。及至情窦初开，多是觉得自己还不够好，竞争对手有多坏多阴险，所以怀疑自己得不到青涩的爱。真到可以爱的年纪，却彻底不懂爱了，世界的诱惑太多，我再优秀也抵不住世界给的诱惑，诱惑产生的欲望总让对面的人魂不守舍。

人类为了总能让自己自圆其说，除了发明谎言之外，就是彻底的怀疑主义和自我欺骗交相呼应。证伪永远比证真容易，于是总是设计各类的桥段，去证明别人爱不爱你。爱来的时候不迟疑，却因为验证爱，絮絮叨叨扮神经。他/她爱不爱我，或是他/她不爱我，在你一辈子里绝对比他/她爱我，我爱他/她多得多。

爱从此变得诡计多端和惨烈，不是这个人在不在爱你，而是如何战胜周遭的世界，让这个世界不带走他给你的爱。战斗之余，我还要寻找蛛丝马迹你不爱我，还要花样翻新让你验证对方是不是爱你。我们臆想出爱应该是什么样的，大约是什么样的，人家是什么样的，而全不顾对面是活生生、独一无二的人。

他要做什么才能证明他爱你，而不是做他自己就好？他没有依着你想象的模板，去做你认为的事情或是给你你想要的反应，他就是不爱你。你炫耀他爱你，只是为了给世界看他是属于你的；你验证他爱你，是靠着世界认为他爱你。至于他爱不爱你，已经和你无关，而是跟这个世界的评判有关。

你做一个法官，去判决他是否爱你，那被告是谁原告又是谁？谁来取证？谁是陪审团？谁来申辩？当你把所有的角色扮演个遍，倒不用纠结他爱不爱你，你已经不爱他了。因为你在变换角色，既要对方配合你演出，又要对方坚守自我。你不给男人做男人的机会，你还指望他做一个男人应该做的事情？你不给女人做女人的机会，你还指望她不像个女汉子地生活？

你见不得对方独立面对世界，是因为自己真的畏惧面对世界。你觉得他抵御不了世界的诱惑，其实是自己依旧欲望满满、对自己随时的不满意。你不停地验证他是否爱你，是为了验证你是否爱他。你开始计较你的付出，自然考量他的付出，然后爱也就变成了一场交易。

爱是身体和灵魂的附属品时，爱总是需要身体去满足欲望，灵魂去谄媚爱的验证；身体和灵魂是爱的附属品时，是彼此欣赏、彼此愉悦、牵着手告诉人生：我不需要爱的验证，因为我们在爱着。

郭子和娟子，继续他们纠缠的爱恋，也渐渐没有了消息。

请对爱你的人微笑

快乐是个小爬虫，是那种佞臣、弄臣：你越快乐它越靠拢你、谄媚你，你收获的快乐越多；你越悲伤，它越打击你、祸害你，你失去的快乐越多。

请对爱你的人微笑啊。

昨日爬山去了，层林斑驳，红黄相间。阳光下的秋天，蓝天携着白云美丽，阳光洒在山峰上，雾霭的光晕，色彩就彼此渲染，与蓝天的洁净彼此映衬。路边雏菊簇簇，淡然的黄色生机无限。一块山石前，给孩子留影，第一张感觉不满意，于是说“笑一个”，孩子的笑就延展开来，搞定。细细看来，远山的秋景灿烂，层峦叠嶂，孩子的微笑甜美而纯真。

忽就思索起来，拍照留影时多数人都会提示般地说“笑一个”，但绝大多数都目的性颤抖，牵强或晦涩，大而化之或不知所以。不靠“茄子”之类的是见不到微笑的，甚而是那么虚无的、麻木地面对镜头，漠然得如行尸走肉。

为什么呢，或许是你不会微笑了，因为你觉得为自己微笑都难，何况在面对他人的时候呢。那种幸福、那种快乐里的微笑，似乎跟这个人生格格不入。想来微笑和快乐是个蛮难的事情吧。

于是想开来，想着你爱的人或面对你爱的人，是不是应该学会微笑。微笑是心灵的窗户，微笑了，心灵绽放了，呼吸到新鲜空气了，阳光洒进心灵每一个角落，温暖而舒适，心胸甚至每一个细胞，肌肤的每一个角落在微笑里舒展着。

左嘴角向上牵引两厘米，右嘴角向上牵引两厘米，眼睛看着爱你的人或你爱的人，或心里想着爱你的人或你爱的人，微笑了吗？美丽了吧。这个世界，每天关于美丽的话题不多，关于如何美丽的话题太多。即如这个人生，每天快乐生活的人不多，倒是充斥着探究如何才能快乐。当你研究如何快乐的时候，其实你已然不快乐了。

或者，Being happy is a duty！快乐被现代人要么幻化得纯理论、纯感性，要么就是物质堆砌，可以拿EXCEL做统计、归纳、量化。其实快乐简单到就是责任，仅仅是需要你明确自己应该快乐，就像微笑应该是随时绽放一样。快乐是理所当然的时候，你快乐的机会就来了。

快乐是一种机遇，机会永远都在，看你是否清醒着。那微笑不也一样？我醒着、敏锐地感知一切的美丽，有所担当地把快乐当作责任，给予别人快乐，给予自己快乐。常说，快乐是个小爬虫，是那种佞臣、弄臣：你越快乐它越靠拢你、谄媚你，你收获的快乐越多；你越悲伤，它越打击你、祸害你，你失去的快乐越多。把你的快乐当作必然与责任吧，从这一刻到下一刻，因为你要到达那里，反正你要去，不如轻装上阵，悠然而轻快地，快乐着达到！

我在秋的暮色里轻吟浅唱
你在如火的晚霞里飞翔
山/在远处静默地裁剪青色
风/将天空的星星依次点亮
一点雨的气息/是凉凉的心感受到的

肌肤被涂满金色的光芒
你/微笑了
于是/每一个晚霞的涂抹
都有你点滴的闪烁
眼眸啊/沉浸在你微笑的轮回里
秋在夜色的引诱里
渐变宝石的蓝色悠远
慢慢地唱/老歌的悠扬
轻轻地想/怕思绪经不住猛烈的渴望
夜的蓝把晚霞浸染/如旧的安详
我就如旧的淡淡思想/心和着你的微笑
缓缓地浅吟低唱

那个爱你的人在你对面，那个爱你的人没有你向左转他向右转，那个爱你的人希望看到你的微笑。于是，你会否开启微笑，亮晶晶的眼眸，笑得明亮。孩子对着我微笑，该是明白我是爱他的或他是爱我的吧，单纯而简单。那个微笑美丽到悠远恒久，他的微笑让我微笑。

你会对着谁微笑，你的微笑会让谁微笑呢？

第二章

不要让未来的你，讨厌现在的自己

趁着青春，我们应该追逐自己的梦想，
青春是追逐梦想的最好时光。

明天过得怎么样，
取决于今天的你怎么做！
每一个成功的人，
都有一段沉默的时光。
只有忍受了那段寂寞、孤独、
拼命努力的沉默时光，
才能品味到成功的甘甜。
愿意用时光浇筑梦想的人，
注定会梦想成真！
今天的一切努力，
将来必定无限感激！

人生就是一次次的搬家

成长跟搬家差不多，总是越成长越成熟、多搬一次家越不易。不是因为你拥有的多了，而是你自以为不能舍弃的太多了；不是你没有能力了，是你太为未来设计了。世界从来都是个大工地，人生就是一次次的搬家罢了。

这是我第三次搬家了，要是算起来青少年时代和单身生活时，怕是有七八次了。

这次算不上搬家，其实是父母老房子要拆迁。虽然老两口已经不在这儿住了，但是积攒了相当多过去的物件，需要整理一下：扔掉还是继续换地方保存。

老房子是20世纪80年代的五层楼，中间还加固扩展过，于是新旧混杂、不伦不类。因为是厂子的房，拆起来有点麻烦，周边都拆了，它反倒孤零零地站在那儿，坚强执拗而孤单。因为嚷嚷着“拆”好几年了，老住户基本都四散各方了，一部分就空了没人住，一部分出租了，物是人非。

打开门窗，透了半天气，抽了两颗烟，才进门。屋里有灰尘但不杂乱，理工科出身的老父亲给我画图、列清单：什么东西在什么地方。日光灯管嗡嗡的，好久没开的缘故。抽了个板凳坐下，开始整理属于我的东西，会遇到多少自己想象不到的呢？

一本作文底稿，是参加作文竞赛的练习，主要是不同的开头和结尾，符合虎头豹尾猪肚；

我的一些奖状，父母的骄傲，自己都忘得差不多了，还曾经这么优秀？

一些日记杂想，有些恍惚，不敢和记忆博弈验证；

一些小物件，别人送的或是自己收集的，曾经当作宝的；

一些信件，该是淘换了几次留下来的，除了手写这件事印象深刻，其他的跟记忆里的对比便显得似是而非；

一摞子照片，各个青春的时代印记，已经不纠结自己是否好看了，纠结的青春已经远去了；

几本毕业纪念册，天各一方，总是感慨；

其他乱七八糟零散的东西……

归拢了一下，扔到垃圾袋一些，看看剩下的又少了一大截，可以拎着走。在这里住了大约十年我就出去浪荡人生了，却在短短的半天工夫重新回顾了一遍。决定留下的东西少到如此可怜。

一直恍惚自己的历程，曾经有一次做梦，一个梦把大学四年齐齐整整、纤毫无遗地过了一遍，然后就恐惧起来，不知道哪个更真实。

没人刻意梳理自己的过去，那是老年人的勾当和乐趣。但总是有些生活的节点时刻，让你不由自主地考量自己的曾经。绝大多数人是畏惧回忆的，只因为不能重新来过。回忆本身跟幻想差不多，不信你试着回忆过去，没几秒，就会想，“如果当初不这么这么，应该就是那样那样”。

回忆总是和保存纪念品不同，回忆里最刻骨铭心的都是坎坷悲伤，快乐总是短暂而捉摸不定，保存的纪念品倒是都是快乐的标志物。倒该反过来才好，记忆里都是快乐，留存些悲痛的纪念品，偶尔拿出来祭奠。

人生总被描绘成一场旅程，前路漫漫，不能回头，背负得越来越多，越来越慢，随时准备迎接终点；或是一场迁徙，扔掉过去，重新开始新生，不停地迁徙，知所终，却遗忘本来。谁都不是旅者，因为人生是你自己的，世界不是你自己的，最多是一次次的搬家，一次次的建造罢了。

当你决定建设新的家，你一定是觉得现在需要或是未来需要，一定不是因为过去需要。你确保你有能力负担得起，也基本不会因为老的房子里的东西，去决定未来房子的设计。每一次新的设计，你会刻意躲避过去的印记，尽量避免之前的缺憾，你甚至强迫症似的把过去的缺憾放在头等地位，忘记了新居的平衡。要么你彻底脱离这个环境，换个区域，要么因为熟悉就在四周考量更好的。当然沦落了，不是新居而是被人生摧残得降了格调，最好在熟悉的环境消失，选个八竿子打不着的地方疗伤。

及至新居落成，喜庆有余。老物件能用的用点，全新的最好。扔掉了太多过去以为必不可少的东西，留下的要么是留存纪念，要么是顺手可用。破家值万贯，但你想的竟然大多数是舍弃。那些刻骨铭心、时刻相随的东西，却在新居面前落魄、边缘化，遭你无视。

同一屋檐下的人，也是来来去去；环境里的人也是变幻多彩。多少东西是因为人的存在而存在，有多少的东西因为人的存在而纪念？或是因为离开而不存在，因为离开而存留记忆？

每一次你都想一劳永逸，为未来做个保证。却发现没几年，你就又一次的搬离。就算不搬，也是折腾个不停点，真到了不能折腾了，也该跟人生说再见了。以为环境彻底满意了，却发现要么是自己很快地厌倦，要么是自己瞬间就变得无所适从。

怕只怕仅仅是为了逃离过去，选择新的家居，扔掉的都扔掉了，可惜自己的记忆和人生习惯，总是扯着你面目全非。你可以涂改记忆，但涂改不了自己，于是蓦然发觉，你新的家其实还是老的。

也怕你为了未来计较太长远，未来来的时候，跟你如今的想法早已南辕北辙。你不为了现在，为了未来活着，看似是充满理想和梦想的坚守，其实是为了注定的背离。

最怕好不容易搬了家，堆了一家的老物件，古董还好，就怕是瓶瓶罐罐破破烂烂。你扔不掉旧的，也就没有资格拥有新的。人是搬家了，人生没有。背负着过去的点点滴滴，让现在无法面对未来。

想想我们从孩童搬到少年、搬入青春、搬入成熟及至衰老，或是幼儿园、学校、社会、婚姻、家庭，每一次的搬家都有时间标志，都有环境的改变，但行进其中的我们又有多少的改变和适应，还是如搬家般地不知所以、前后纠结？

人生也就是一次次搬家罢了，可能环境变好了，也可能变坏了。但你要想为了未来设计、为了现在努力，而不是跟过去纠结。因为你现在活得好不好，跟过去有关，却系于当下。你以为跟你生命相融的人或物，随着时间，总是出走或是被舍弃。你以为必须背负的东西，总是在新的开始时觉得多余。给你造成伤痛的东西，根本就没有存在在你生活里，只存留在你的记忆中。而不管你是谁，你留存纪念的都是带点快乐的音符。但可惜的是，也有可能你当时的快乐和小心翼翼，在未来看起来，虽然不可笑，但确实不能复刻喜悦。

是不是应该，为了现在、为了可见的未来选择搬家，不抛弃过去，但不迷恋所谓不能遗弃的，让快乐留存在记忆里，让悲伤坎坷提示自己。让未来到来的前提是让过去走出当下，让当下给未来留个地儿。成长跟搬家差不多，总是越成长越成熟、多搬一次家越不易。不是因为你拥有的多了，而是你自以为不能舍弃的太多了；不是你没有能力了，是你太为未来设计了。

世界从来都是个大工地，人生就是一次次的搬家罢了。

成长是你要经历的，成熟却未必

酒未老，酒的成熟需要时间，也需要心情。人或许一样，人生也大抵一样。

红酒在我看来，一直是个神奇的东西，因为可以说道的东西很繁复，而且是个跟环境、心情、人密切相关的东西。

朋友定期会请我品评红酒，我觉得属于文化侵略和品位炫耀。生活总是被很多物质贴上标签，很多东西没有做、没有享受、没有拥有，这个人生的品质似乎就值得担忧。老话是“物以类聚人以群分”，现在是人以物聚，物以群分。

微醺，大肚杯，如血红酒，宝石光。

“德哥，什么时候你觉得自己成熟了呢？”

“成熟？现在算正在成熟中，至于让自己印象深刻的自己，我给你说几个事儿吧。

“第一次是那时候还卖车，准备搞个大点的事儿，一次进了过去一年才能卖出去的车，图个返利政策和销售突破。自己有点含糊，就问朋友。朋友说：当你问我这个问题的时候，其实你已经决定干了。

“第二个事儿，婚前我职场上的老师给我说：你有文化、脑子够用，但匪气不够。要么你选择流氓有文化，要么你就得接受你自己。我说：我懂得匪气是什么就好了，但是估计我没戏那么做。

“第三个事儿，突然有一天明白，现在自己可以做到事前忧虑，事中安静，事后总结，不再纠结原因，而是正视结果了。结果是唯一的，原因却是错综复杂的，你只能决定未来做该做的，却不能寻找到所谓的原因。”

“哦，德哥三段论啊！隔几年就要发生点标志性事件，你也就慢慢成熟了呗，这也是人生的成长、成熟？”

三段论？现在，人生境界基本陷入三段论，前有王国维的“人生三境界”，后边有“看山是山、看水是水”的充满禅机，不一而足。

前几天又看到一则“**人生的三次成长**”：**第一次成长是明白自己不是世界的中心；第二次成长是明白再怎么努力，好多事还是无能为力；第三次成长是明明知道自己无能为力，还会努力争取。**

按着上面的说法，大约自己可以单独走动，可以跟别人沟通了，你也就知道自己不是世界的中心了；至于无能为力，给你个高数题，就难倒你；至于你无能为力还要努力争取，高考前坐在课桌后奋力答题，大致也就那样了。

成长是一个不得不经历的事情，哪怕你把自己放进保鲜箱也无法避免。成长无非两个标志：你不想做现在的自己；开始幻想过去的美好。小学生对幼儿园的鄙视，其实和老年人对年轻人的责难差不多。开始装嫩或是扮成熟，或发白日梦“要是当初我怎么怎么”，成长也就成了没法子的事情，和你是否情愿没什么关系。

想想自己人生的瞎折腾，成长总是悄无声息、后知后觉，当别人告诉你或是自己告诉自己，“这件事以后，你终于成长了”。细究起来既不是量变到质变，也不是非常时刻非常悟道，走到一个地儿恰好遇到某事或某人而已。

于是，成长是自然而然的，但成熟没有伴着成长一起来，这才总让你夙夜不寐、辗转反侧吧！跟成长不同，成熟倒是可以选择的事情。不是你不会成熟，或是永远不能成熟，而是你愿不愿意选择成熟。

人生最大的借口是孤独，这个世界里的自己永远孑然一身。于是乎，既然孤独何必担当，或是即使孤独也要折腾点动静，大多数人无非在这两种状态里随时变身转换。出了问题，自然因为我是独立的和世界没有关系的，何必担当，都是世界的错；闲了或是成功了，或是有欲望去成功了，那一定舍我其谁，不搞个天地变色，我都不惬意。

但等到明白，在世界都找不到答案，问题的答案在问题里，你对世界的问询本身就是答案的时候，或许也就开始学习成熟了。成长是一点点来的；而成熟是因为知道如何产生这些问题、如何回答这些问题，瞬间也就来了。当你不借助外面的力量，开始问询自己，捧着自己的问题欣赏问题本身，然后明白问题的答案在问题里，成熟也就悄然而至。

成熟不是面临选择；选择是成长路上必需的事情，成长总是会带来无数的选择，如何选择才代表你是否决定是继续懵懂地延缓成熟，还是不得不逐渐成熟。世界总是会告诉你偷懒的机会和顺应环境的捷径，只是为了同化你和涂改你。你也总是会发现，这个人生一直让你成长，却使出吃奶的劲让你不能成熟。这个人生一直蛊惑着你，在你需要选择的时候把选择权交给这个世界。

可以做，但是我选择不做；可以不做，但我选择必须去做。不是自虐，是因为**你如果不为难自己，世界就为难你。**冬天不剪枝，春天不好开花；开花还不能开得太过，因为秋天你还要结果；果子你还要有舍弃，才能最终收获甜美。你可以不剪枝，也可以尽情怒放，也可以尽可能多地累积果实，这是你的选择，但别埋怨果实不甜美。

世界通常是由结果组成的，原因总是莫名所以。**人生要是有悲哀，就是结果倒推的时候，言之凿凿、宿命必然，行进时昏昏然不知本来。**真找到了原因，看似必然，却又总是似是而非。原因要么是自己成功的必然，要么是失败的症结所在。原因在别人那儿，结果在我这儿，总是能安抚一下自己受伤的心灵，才不至于对自己厌倦。于是成长成了一个骗局，世界骗你、你骗自己。

人生拿着原因说事是骗不过去的，因为结果永远是昭昭。就如你再怎么装扮，或许骗得了这个世界，但是你清楚地知道镜子里的还是你自己。你再怎么涂改自己的形象，获取这个世界的认同，但可惜世界总是拿着潮流和个性说事，你也就将就着在潮流和个性里犹犹豫豫。一不小心，就是别人的翻版，或是特立独行到被世界遗弃。

可惜人生还是你的，你也只能在事情没来的时候，学会焦虑，却必须在事情里安之若素、坦然自若。结果带来的是开始，而不是结束。结果永远告诉你的是未来怎么做，而不是原因是多么的令人疑惑或是不堪。

恍惚里，酒在醒酒皿里弥散着一点点的雾气。年代遗留的味道和醇美，一定间杂着些微的残渣，但不影响酒在杯壁上留下执着的印记。味道和口腔有关，却被喝下的酒和眼睛、嗅觉蛊惑着，更被心情和对面的人叨扰着。阳光透过杯子，让如血的酒，有点燃烧的感觉，投在桌子上的影子，却宝石般的润泽。

酒未老，酒的成熟需要时间，也需要心情。人或许一样，人生也大抵一样。

不拒绝改变，才能改变人生

人生是个小孩子，总是渴求看到改变和学习，总是厌恶停滞和固化。只要你还能学习、还能改变，还愿意学习，还愿意开始改变，就能猎取到这个世界为你准备的丰盛激赏。

古城这个夏天，很是讨好。晴不了几天，来不及嘚瑟酷热难当，一场雨就清爽得可以，草木长得恣意竞发。晚上运气好，见得到北斗七星。天天蓝天白云的让人觉得有点恍惚，开始怀疑这个夏天是不是有点奇怪，不是应该的模样。

应该的模样？这不是属于这个城市的夏天？该享受这个不应该，还是怀恨那个曾经的应该？还是不能享受改变，最好四季轮回一般模样？

近期总是听到如下言论："我是什么什么样的人，所以我这么这么做是有道理的……""你还不知道我吗，因为我过去怎么怎么，所以现在我怎么怎么……""因为我是这样的人，所以我选择这么做……"听着像成功者垂垂老矣病榻上的自传口述，看到的却是一群活蹦乱跳的青春，充满了愕然的反差、黑色的幽默。

那你应该是什么模样，你现在是什么模样？是类似自己对夏天的认识，而觉得自己应该是什么样？还是我是什么样的人，所以我是这样的人生？

三毛要站成一棵树，"站成永恒，没有悲欢的姿势，非常沉默，非常骄傲。从不依靠，从不寻找。”或如有些矫情文艺范儿的，“只好自己拴住翅膀，捂住眼睛，迷失在茫茫人海，孤独地走过一段段寂寞的旅途，不想停步，不想回头。就这样，风里雨里，云里雾里，孤苦地站成一尊塑像，却不知道向谁倾诉……”

三毛虽然夯在那个一亩三分地了，起码还能往地里长，往天空延伸，还可以感知这个命运的四季和风雨，并努力成长，与岁月竞争。真成了一尊雕像，就剩被别人肆意评点的份儿，被这个时代搬来搬去，被喜欢或是被厌弃。

或许这个世界变得太快，风浪太大，于是每个人急匆匆地锚定自己的人生？不能抵抗人世的洪流，不能抗拒岁月的侵蚀，那你一定要选择凝固自己的人生？

世界总是在你来不及认同的时候就改变了，你总是在来不及快乐的时候就老了。但是，要想活下去就得接受这个世界的改变，要想死掉，就简单快速接受自己的锚定。念叨着我是什么样的人，面对着一定不是固定模样的世界，这样的对峙，伤痕累累不说，怕是看似漫长的人生，在你还没经历的时候就凝固了。

你打破不了的，也就是你不能建造的，拆迁在哪儿都是个厉害行当。人总不该二十岁就打造一个小屋，“躲进小楼成一统，管他冬夏与春秋”，剩下几十年只干修修补补的活儿；而应该是不停地建造，不停地打破吧！人生总需要接受世界的改变，并去开始自己能够也必需的改变。

本该是这个世界的变化造就了你看待世界的视角，可惜你凝固了自己，也凝固了视角。你直勾勾的眼神，没有一点角度的变化，是你的视角决定了世界的模样。这样的坚定，在你还没有了解这个世界的时候，最多是你寻找因果的借口，各类逃避的理由而已。总该是你做了什么事情，才决定你是什么样的人；而不是你是什么样的人，所以做了这些事。

因为你是尊雕像，所以你总以为，那个愿意帮你的人会一直等候，那个爱你的人会永远爱你，于是自顾自地玩细腻、玩感觉。不曾想，等你需要爱的时候，需要帮的时候，那人早已经走远。你不去展示你的爱，不去帮愿意帮你的人。这个世界就算是个游戏，也会乐于在变化里杀死那些没有互动的角色。

接受不了变化，要么诚惶诚恐，要么得意忘形。好运气来了，你觉得天授神命，一次不够，还要还要，然后世界一定善变而戏谑，一定会让你痛不欲生。也有些主儿，自己把自己复刻成邪恶的灾神，自虐加求虐，我就是苦命教主，好日子一定不能来，来了我也接不住盘，也没打算接。

你不会因为你愿意做的事情成功，但你一定是被你不愿意做的事情击败。不是水桶理论，是你寻找理由不做，无非是选择逃避，也只好收获失败。**当你决定不改变，这个世界一定让你被改变。**只是假若选择权在这个世界不在你，那你收获的估摸着也就是一半死不活。

这个人生是个小孩子，总是渴求看到改变和学习，总是厌恶停滞和固化。或许你要求少少、清心寡欲，只要这个世界给你点可怜的打赏和奚落就好，那你只管凝固自己就行。**但只要你还能学习、还能改变，还愿意学习，还愿意开始改变，就能猎取到这个世界为你准备的丰盛激赏。**

当你看待世界总是那个眼神，有点吊诡，该不该想想，世界没病，我病了？不是这个夏天变得可爱、怪异了，是你觉得这个夏天不该改变，或是你不能接受改变罢了；不是这个世界怎么了，是你拒绝改变自我，渐冻、凝固了自己，也就凝固了你的人生。

所以，在你没决定把自己变成墙上的肖像画时，还想活着，还想活下去，就别把自己变成雕像，别凝固自己。

成熟从来都是值得恐惧的事

青春时说服自己很容易，说服别人很难；及至将要面对成熟了，蓦然发现，说服别人很容易，说服自己很难。青春追不回来，只能打着追赶潮流的旗号扮嫩，然后面对不伦不类的别人，间或审视一下不伦不类的自己。

初秋时节，天高了些，云白了些，雨开始细绵而多情，那些绿色被感动得有些星星点点的黄。葡萄甜到开始值得怀疑，霞总是红红地燃烧，让在微凉风里的你忘我驻足。风和雨，是这个秋天的催生婆，蛊惑着孕育一夏的季节，悄无声息却又目的明确。

秋总是隐隐地来着，夏不知所措地被湮灭，秋自然而然地来。跟这个人生类似，**青春不是被成熟战败的，成熟是被人生的风风雨雨湮灭或催生的。**

前些天去穿越，朋友们就开玩笑，不是求山水静谧、峰林险秀，或是舒放胸臆，仅仅是为了证明自己还行，还能折腾。于是，明白其实自己成不成熟，都必须成熟了，或是必须看起来成熟。

躲避成熟的子弹，是这个世界的潮流，没人想成熟，只想着成功。成熟对太多的人来讲，意味着死亡。成熟离死亡只差一步，无非是自我感觉，自己总是活在过去而没有活在未来。按理说，成功总是能接踵而至的，只要自己别被失败圈养。**可惜的是越努力不失败，却不代表自己越成功。**

如今这个世界的主流是:因为要承担责任，所以不能活出自我；因为要活出自我，所以逃避自己的生活。因为要活得美丽，就需要妆容自己、面无表情；因为要保存自我，就藏纳纯真，穿上“铠甲”面对世界。纯真本身是一种力量，却因为掩盖在其他东西之下，脆弱而苍白。

这个人生需要冷血动物，因为可以随着外界冷暖随时转换。青春的热血换来的冷暖自知或是伤痕累累，总让人在讨好这个世界还是抗争命运间犹疑不定。世界总似乎告诉你，什么样的人生他才点头认可，但等你真这么做了，他又嘲笑你装扮得太蹩脚。却忘了，**做一个有温度的人才是一个站起来的人，有温度的人才有历史，才有未来。**

做有趣的人和做有趣的事，不是一回事。当你觉得是一回事的时候，你最多是被欲望捕获而已。发现美丽和感知美丽不是一回事，寻求刺激新奇和经历自己的人生不是一回事。我们等待能撞入我们人生的东西，而不是探索可以和平相处的关系。我们急匆匆地开始一些事情，然后看着它们一点点地湮灭、不知所终。

我们开始不怀疑自己的判断，开始以下意识的反应为傲，却屡屡收获错愕。幡然悔悟后去学习，发现明白的一直明白，不明白的依旧不明白。当我们只懂得归纳，却忘了定时重新整理收纳的格式时，为了不让自己混乱，就把每一个新的东西砍伐切削成自己认可的模样，心安理得地硬塞进自己的脑袋和人生。

我们鄙视欲望，却又被欲望驱使。我们渴望未来，却又畏惧改变。我们追求快乐，却因为谄媚这个世界而被世界拒绝。笑本身是一种结果，我们却当作一种理由。总觉得世界对不起你，其实自己最对不起自己。世界自己都累了，你还不累；世界都困了，你还不困。人生总是有很多东西，你越畏惧和躲避的，反而是你最需要的。

你开始为自己不能去做什么去寻找安慰剂，人生最大的安慰奖不是你成功了吗，而是从来没有失败过。没有失败过和成功不是同义词，连近义词都算不上。学会装模作样的洒脱，面对没有经历过的未来，你寻找的是即视感还是既视感？洒脱是经历人生之后，不是经历人生之前吧。成熟或许需要你更习惯说："原来我可以……"

信仰是对不可能发生的事情笃定的信任，当你已然把未知定义为已知，你也就没有机会拥有信仰。你能把一切事物解释得因果理性，必然中的必然，却就是解读不来自己的人生为什么成了这般模样。信仰在青春喧闹里是束缚、枷锁，但在成熟面前，没有信仰总是觉得自己赤裸裸般的可悲。

你在因果里寻找可以说服自己的理由，推导自己的必然，却永远会在选择前犹犹豫豫、辗转反侧；你接受行动的结果，却永远不去选择行动的开始；你博弈命运，等着命运出牌，期待赌局的胜利，却忘了人生的经历，是建造、随时的修葺，甚而不破不立。

身体自顾自地产生欲望和疲惫，大脑自顾自地制造篡改记忆，在成熟面前你却总是被身体和大脑左右。这个世界最大的邪恶是告诉你，你不能做的事情看似跟你无关，只是这个世界太残忍；这个世界最大的善意，就是还让你明白，身体和记忆你其实可以分辨得很清晰，左右不了的世界和可以左右的自己，同样能和平相处。

于是人生很可笑很好玩，越接近成熟，每个人都目的性颤抖。这一生就这样了。这一生就这样了？这一生还能怎么样。这一生还能怎么样？

青春时说服自己很容易，说服别人很难；及至将要面对成熟了，蓦然发现，说服别人很容易，说服自己很难。青春追不回来，只能打着追赶潮流的旗号扮嫩，然后面对不伦不类的别人，间或审视一下不伦不类的自己。

纯真是梵高的向日葵，
很厚重的涂抹却是最鲜艳的颜色

我们畏惧最简单的事情，因为最简单的或许最难。最简单的拥有最多的可能性，我们总是因为恐惧未来的未知，而使当下复杂到自己都无法理解。

做一个有趣的人，而不是做有趣的事，一直是我努力的方向。

老话说“无癖者不真”，无非是说，没点爱好或是嗜好，这个人总有点让人不可亲近，也不真实。癖这个字除了私密或是怪异、不可交流理解的意思之外，我想多少有点精深的含义。

我除了码字算是有点技能的爱好，其他的，多是喜欢或羡慕，比如歌唱，比如说乐器。“永远不要说自己唱得好”，这句话早晚能成为中国的祖训之一。要谈到最羡忌的该是绘画，因为早前写文章，总被老师教导，不够有画面感，也就不够有代入感。听过几堂音乐欣赏课，老师讲来讲去，在穷尽故事性时，通常最终祭出的法宝一定是画面感。

也难怪，人类虽然精通语言，但真闭了眼回忆思考什么，脑海里浮现出来的总还是鲜活的形象。人类也总是把很多的抽象的东西，幻化成画面，视觉动物的称号也不是白得来的。

我一直喜欢梵高和蒙德里安。艺术是分流派的，美丽和喜欢似乎不用。所以我只是单纯的喜欢，搞不懂他们之间的同与不同，或

是和其他的大家有何殊异、渊源。梵高的向日葵，没有见过真身，但各类影像里，却从来没有缺失那燃烧般的感觉。不单纯是梵高的生命在里面燃烧，看到的人也在燃烧。

蒙德里安叙述这个世界，却压根没打算跟上帝商量。上帝不喜欢几何，他却用几何图形在描绘世界。单纯的造型，最纯净的颜色，方块、线条、纯色，几乎不变的反而充满无限的可能，无限的美好。死理性派一定不喜欢他，因为总能很简单地归纳他，但我喜欢，因为确实简单到最美好的东西，总是很能触动我。

及至后边犯了吃鸡蛋还要看母鸡的毛病，去知其然求其所以然，倒是让我更奇异于世界的美妙。向日葵的画面油彩相当厚重，现代科技告诉我们似乎涂抹层次非常厚重和繁复。最厚重的涂抹和宣泄，却创造最纯洁和燃烧般的感觉。当扔掉那些对比色的规则和光影的束缚，是金色的、燃烧般的，充满生命的力量。

而蒙德里安，把白色和黑色当作了世界的界限和主要组成部分，和那些鲜艳的明黄、血般的红色、天空般的蓝色，突兀却相得益彰，简单而充满魅力。在他的画里，世界总是比我们想象的简单，也就更美丽。

前些日子，给一个朋友说，**要想活得有趣点，要学会通感联觉，总要从人生里看似八竿子打不着的事情之间，寻觅到值得思考和效仿的东西。**

偶尔也就想，人生也就如梵高的向日葵，看似经历活生生的现实，却在内心有完全不一样的感觉。你越如实地记录自己的曾经，越得不到鲜活的画面。你锱铢计较每一刻每一点的合理与和谐，收获的或许是最真实的生活，却不会是最美丽的图画。

我们总是纠结人生细枝末节的真实或是合理，却从来没有想过这些最终搭建的并不是我们想要的人生。因为就算我们随时现实和理性

地面对自己的世界，在心目中却是另外一个模样。如果你确实热爱你的人生，你在意的应该是如何描绘一场人生的燃烧，而不是人生在世界的眼光里是什么样子的。

我们总是刻意保护自己的纯真，将世界给你的经历描绘成恶意侵蚀你的纯真。返璞归真现如今和抱朴求拙类似，人生本来需要归来，我们却选择根本不出去。我们把我们拒绝成长，篡改成我们不愿失掉纯真；将世界给你的经历或是必需的人生，谬称为这个世界恶意改造和拘禁你。

而最灿烂的纯真，也或许如梵高的向日葵，是历经人生的磨砺和世界的涂抹。你不再在意世界的眼光，却又明白自己是世界的一员。最厚重的反复涂抹，不理会这个世界需要你做什么，而是我如何可以燃烧我的热情，反而收获最纯真的颜色，散发最圣洁的光芒。

也或许，人生简单到就是黑白，就是红黄蓝，再加些莫名所以的色彩。世界为了让你臣服，于是想出最简单的方法，就是让你觉得世界很复杂。人生总是让你觉得纷繁，然后就困惑、恐惧和逃避。不是上帝不懂几何学，要么是他懒，要么就是想让你觉得世界复杂。

我们总是觉得简单的颜色，不足以形容我们生命的多彩多姿，自然也认为需要努力去纠结我们的人生。太简单的人生，太复杂的世界，就像红配蓝，自然连狗都嫌。我们给我们简单的喜怒哀乐，加上各类的注释和伪装，却又装出一副至诚至真的妆容，也就把人生混浊到无法形容的颜色。

我们给一件事物加诸无穷的标签，让我们好简单辨识，却忘了最基本的意义。我们给人生总结出最堂而皇之的意义，却不去做最简单的自己。**我们畏惧最简单的事情，因为最简单的或许最难。最简**

单的拥有最多的可能性，我们总是因为恐惧未来的未知，而使当下复杂到自己都无法理解。

我们也把我们不能简单的美丽，一股脑推到这个世界身上，世界看起来总是那么的高深莫测、无法探知、处处陷阱和坎坷。用复杂的方式去描述复杂，这或许是人生最可悲的事情，用最简单的方法叙述自己，这或许是得到人生美丽的唯一方式。

该是：人生的纯真如梵高的向日葵，最浓重的涂抹就是最燃烧的色彩；人生也可以简单到最朴实的颜色，最美丽的表达。

世界有多邪恶，我们就有多无知

曾经去问师父，一个人到底怎么才算正常，什么又才算不正常呢？师父说：能不凑合的不凑合，就是正常的生活；能凑合就凑合的，就是不正常的生活。

秋天是个点算的季节，为着年底的狂欢，总要算算一年的付出和收获，有句话说："自然界不存在数学，人们却总希望拿着数字去衡量人生。"

于是乎，秋风见凉的时节，保不齐就下意识地算计。无一例外的，没几个人觉得这一年活得还行，大多数人悲秋是必需的，埋怨是必需的。世界的邪恶，不用感受，想都想得来。

不安全的世界，不安全的内心。没谁不想拥有存在感，但任何的存在感都让自己觉得与环境格格不入，被无数眼睛研究窥探。每个人都声称自己不是窥私癖，但满脑袋天线传感器，捕捉一切与自己有关、自以为与自己有关、与自己无关的一切蛛丝马迹、风吹草动。为的是，些许的危险但凡嗅到，就可以逃离。我们在最和平的时代，却施展着非常时期每个保命的手段。归根结底，人是个杂食动物，应该既有狩猎者的强势，又有食草者的机敏。现如今，却失了魂魄，彻底沦为被捕猎者，像个羚羊般，睡觉、吃食、玩耍、恋爱都不得安宁，世界不吓唬你，自己都把自己吓死了。

活不活得下去不成问题的时候，安静就成了奢侈品。信任环境和人，包括信任自己，本来是个互动的结果，现在却成了一开始就存在的障碍。人为了安慰自己，最擅长的事情就该是把事情的结果当作原因吧。明明摆出一副防备人、提防人、算计人的架势，却因为换不来信任而长叹信任无觅处；明明自己烦躁得可以，恨不得把人揪过来狠狠扁一顿，嘴脸都扭曲了，还嫌别人为什么不安静不理解你；脸上挂着别人欠你血汗钱的模样，却希望周边的人都能快乐地讨好你，给你分点阳光；从来不尝试让别人懂你或是学会读懂别人，一句“你不懂我”，就在两人面前划出个十万八千里的鸿沟……到最终不明白，是“黑暗森林法则”，任谁都是为了吞噬对方才生活在一起，还是按理说人类需要抱团才能取暖活下去。

因为人是动物，就会好奇地对待自己。越不安，越刷存在感；越刷存在感，越不安。于是乎，也不知道是世界的不安让自己彻底失却了安静的能力；还是压根安静就不存在，安静意味着死亡？是无知让你身处险境，还是知识多的只剩下算计自己、算计别人？

“你利用意识控制你能控制的，你却被自己的无意识控制”，朋友的顿悟，倒是让我惊奇。说来说去，每一次下意识的反应，我们美其名曰为直觉，或是经验的积累，却丝毫不关注或是意识到，那些暗藏的潜意识，是如何控制着我们，又如何在最关键的事情上让自己不停地瞠目结舌。人生最大的悲哀，该是自以为做好了一切的考量，做出了最慎重的选择，并为之付出了最大的努力，却发现自一开始我们就丢失了自己，或是被自己从来没有了解的自我，伤得遍体鳞伤、伤心欲绝。

人生活成了一个段子或是笑话：我不知道我想要的生活是什么样的，反正我知道现在的生活不是我想要的。想想你的人生是不是如此？因为你觉得你总得不到想要的生活，所以你觉得这个世界很邪恶？因为你不知道自己想要的生活是什么样的，于是你很无知？

存在感刷不出来，因为任谁刷别人的屏都会被厌恶被拉黑，刷自己的屏又孤独感得厉害。安静自己，尝试自己想要的生活，而不是只是去想自己要什么样的生活。别觉得世界多邪恶，如果世界是负责恶意针对每一个人的，那这样的世界同样是一种平等。世界也不值得对你另眼看待，你不是受虐狂，世界也不是施虐上瘾。如果梦想只是为了激励自己前行，达不达得到又如何？如果梦想还能实现，那做起来就好，哪有埋怨的时间呢？

曾经去问师父，一个人到底怎么才算正常，什么又才算不正常呢？

师父说：**能不凑合的不凑合，就是正常的生活；能凑合就凑合的，就是不正常的生活。**

我问：都不凑合了，那不都崩掉了吗？

师父说：能不凑合不凑合，是让你发现并面对问题，并努力去解决，崩掉是逃避罢了。而问题在那儿，问题的答案在问题里，你选择的是凑合甚至视而不见，那一个问题就变成无数的问题了。

秋天里的城市越来越有城市的样子了，流浪猫已然盘踞了小区的花园。基本就三种，黑白、黄白、三色的。一茬茬地换着，除了一只白色的老猫，估摸下，也有七八岁了，从长长的毛看得出来。每天依旧很认真地清理自己，可惜已然不是毛白如雪的蓬松的模样。

那些夏末秋初的年纪

秋天的富足让你可以开始快乐了。可是上帝让你快乐地活着，你却背着十字架四处寻找上帝，等着上帝给你快乐。很多的美丽源自真实，你却在记忆里、未来里寻找。

朋友讲，二十郎当岁是春暖花开，近三十而立了是春末夏初，真到了而立之后奔着不惑去，就是个夏末秋初的季节了。

在这个夏末秋初的季节看来，看着要收获了，却需要计较得失收益；来不及享受热情，就需要学会秋收，好去冬藏。夏天可以在外面打晃晃，饿不到还不累，风光满眼，随处可以安身；秋天不仅要去苦命劳作，还要寝食得安，还没了之前的如火勇气和激情。要守得住，要挣得来，要扛得住，还要斗得过、算得准。再来个秋灾，不像春夏，还补种得了，出门还讨得了饭，秋天遇灾，没得跑没得着落。春夏落下的病，秋天只能被迫将就着活。春夏只要思量这个季节怎么活，秋天却要念想这一年我会如何、会怎么样…

夏已将尽，秋已潜至，人生又将如何呢？秋天真的来了吗？

成长不代表成熟，成熟不代表收获，收获不代表满足，满足不代表幸福。于是，秋天幻化着各类情绪，收获、成熟、金色、富足、天高云淡、幸福、安然、斑斓；也或许，残败、算计、剖析、老气、近冬、停滞、储备、悲秋、连绵。

秋天的天空高远但不深邃，云开始美丽，在高高的洁白和傍晚的绮丽之间幻化。风不温柔也不刁钻，花香已然没有，只等着桂花点缀。为了等待冬天，你开始抛弃你认为该抛弃的。了断是属于秋天的词汇，很多时候结束是结果的代名词。如果你只是一味去定义人生的结果而不是解释结果，倒不如不参与或是不路过你的人生。真正的人生比你想象的简单，只是因为你怕得到、怕失去，所以把它想象得复杂了。

秋雨连绵的，随着风，心倒是静着，秋天的奔波，会让你开始侧目细察，毕竟不像夏天阳光炙热的强迫，让你躲避。秋天来的时候，新年还远着，你却已然觉得该算计自己的一年，开始期待可以到手的或即将到手的，可能占有或即将占有的。算计和分析，是让你停下来最快的方式，因为结果必然是面向过去，怀疑自己。看着眼前的路前行的人不会跌倒，开始算计得失的人一定埋藏危机。

秋斑斓起来了，所有仅存的热情在那些色彩里燃烧，在果实里，也在即将死去的树叶上，同样在那些羽翼渐丰的动物上。沁人的香味已不再是花儿和美女的专利，收获的果实，香气让人更为安稳和满足。果实来的时候，不管曾何辛劳。那你人生的创造和分享总是最应该的，但可惜的是绝大多数人是仓廪实，私藏和拒绝分享。分享都学不会的人，注定是心魔乱舞、害人害己。精于算计的人，任谁都会成为他的敌人，包括路过的、旁观的人。

秋适合登高，一春的躁动渴望，一夏的烦恼燠热，登高抒胸臆。山斑斓着，阳光明媚着，云静静地与你对视，呼吸都是一种内外最深处的轮换。人生最大的谎言是为信仰而战，信仰成了信条，就充满了欲望和利益。善良开始有选择的时候，开始追寻结果的时候，老天爷给你的幸运也会斟酌选择。**与其装作善良的模样行苟且之事，不如怀揣慈悲之心，做你认为应该做的。**

秋晚的虫鸣你曾关心过吗？寒鸦归晚，聒噪之后，秋虫总在月光下，浅吟低唱，既是最后的快乐，也是最好的时光，却带给人最好的夜晚。莲花的美丽不是因为它叫莲花，不是因为曾经多么努力地生长，不是因为明天就要凋谢。**不需要对美丽说什么，除非你可以与美丽一起呼吸。秋天的人忘了祈祷感恩和珍惜，因为自己已然算计过一切点滴。那个站在庙里虔诚的你和尘世中钩心斗角的你是一个人吗？**你不愿意努力的事情，佛呀上帝呀老天爷呀，也不会愿意做。

秋天总是很决绝很清爽，除了雨。秋雨多情得有点爱情的执着味道，不管你喜欢与否，一直给予一直倾诉一直纠结。雨是来昭示秋天的，跟你喜欢与否无关。**爱是一种能力，恨是一种失去。为得到而痛苦，远没有你拒绝诱惑或决定舍弃更让你快乐。没有人比人更完美，只有人比人更慈悲。世界一直很美好，但在你急着改变你的世界时，就变坏了。**

秋天的恨与感恩一直纠结，**你描绘的别人有多丑陋，你自身就有多卑劣。**你总是在问自己，为什么当初这样，你一定会归结为别人的原因，但你生下来就会呼吸，你会把这个归结为是别人吗？**菜谱在那里，你做得不好吃，跟菜谱有关系吗？你说你只能为自己哭泣，于是更多的人让你为自己哭泣。很多的美丽抬头可见，只是你忘了抬头而已。**

秋天的成功让你得意洋洋，于是你把你的成功描绘成神迹，等着别人膜拜，却又接受不了一点点的冒犯和非议。你把你自己已然描绘成神灵，那就请你闭上你的嘴，安稳沉默地坐在神坛上就好，让跟随你的人去说他们想说的话吧。

秋天的富足让你可以开始快乐了。可是上帝让你快乐地活着，你却背着十字架四处寻找上帝，等着上帝给你快乐。很多的美丽源自真

实，你却在记忆里、未来里寻找。磨砺人生永远不该被反对，但生命没有要求你一定这样做。**只是你的人生是用来经历的，但不是替谁经历的，包括上帝在内。**

总有比你更早，准备冬天的人或物。包括那些因人而生的事，自然是最好的老师。因为它是老师，所以你永远是叛逆的学生，永远的自以为是、不以为然，然后等着被必然的结果打击到崩溃。一叶未必知秋，一山一水一猫一鸟，倒是必然知道秋来了。大马哈鱼的洄游，是上帝的杰作还是执着的遗传？还是仅仅因为是自然的一部分，自然会让自然活下去，你也同样需要活下去。终点到起点，人生是用来快乐的，否则何必浪费这一次轮回？但其实，这一生你也随时在轮回。

秋天更为清醒还是准备冬眠？秋天是更多的收获还是决定舍弃？秋天是为了获得成熟还是准备储备下一次的成长？你想得越多，这个秋天老得越快，这个四季就更痛苦。

最好的可能在未来，最好的可能在过去，唯一可以变好的是当下

不必怨念现在没有过去美好，也不必等待明天的太阳比今天温暖。你总是可以正视当下，让今天比过去美好一点点，让昨天的因不造成今天的果；也可以让未来成为今天的未来，不把今天当作一个结果，只当作明天的一个原因。你今天可以改变的，才是明天可以美好的。

一句话证明自己老了，这是朋友聚会永久的话题——

我把肉夹馍从五毛吃到七块五了；

我家城中村，从土坯加砖的房，已经扒了建、建了扒，现在是五层的；

我开啤酒瓶用开瓶器了，用杯子喝了；

我曾经女神的娃，大我娃差三岁，我娃在学校还被人家打了一顿；

家里饭天经地义地等我，还有鸡腿，现在都是别人的了；

我现在不会哭了，只会笑，会说自己活该了；

我坐车有小朋友让座给我了；

……

无语，最好的永远在过去，这基本都是老得不成样的；未来可能很美好，这样说的都还青春着。按理说，戏谑中谈论老的，都还不

算老，最多因着确定的或不确定的未来有着一点倦怠或是惶恐而已。对着自己的过去总是挑挑拣拣、犹犹豫豫，我们似乎就是这样，夏末秋初，不老将老，半新不老…

终极回答姗姗来迟：最适合我的女友是前任的N个前任，我还没结婚呢…

一桌子好气氛，刹那间就成了强憋住笑的鞭笞会。哥们儿从哪点算都是很好，家庭、环境、父母、学识、职业，就是婚不了。从认定“未来一定有最好的”，终于在三十郎当岁的某一天变成了“过去的才最美好”；也从一个冉冉升起的钻石王老五，变成求带走一族。

到最后我都怀疑，结婚这个事情成了他的、他家庭的强迫症，结婚仪式比跟谁重要，结果比未来重要。现在已经不是苏格拉底的麦穗问题了，已然上升到我是谁、我从哪里来、到哪里去的问题了。因为我是谁，是看我和谁结婚，我从哪里来和到哪里去，决定权绝对在于和我结婚的是谁。

世界除了量子领域是可以跳转和状态不明的，现实都是连续变化的，从**“未来是充满希望的”到“过去才是美好的”之间，多多少少也应该存在“现在才是最好的”这个状态吧。**不知为什么，我们却总是瞬间从对未来随时渴寄变成时刻怀恋过往。

过去是否美好和记忆有关，跟现在稍微再有点瓜葛。记忆这个东西很讨巧，悲痛的当时刻骨铭心，录到记忆里还是抵不过快乐事儿的刷屏，然后还可能被涂改成了炫耀的资本。三刀六眼可以证明自己的辉煌，拿出炫耀的也就是个伤疤，绝对不是再一次给你展示流血和痛苦。至于快乐，总是因为现在不快乐，显得过去的快乐太甜蜜和稀有。

未来如过去，我们厌倦，可未来充满未知，我们却有点畏惧。未来如过去般可以掌控，却又充满未知，这样的未来我们才充满信心。

不消说，除了那些还不知道人生有多残忍的青春热血，或是被现在成功冲昏头脑的，这个对未来的信心都有点虚。

世界不是由结果组成的，而是由原因构成的，因为每一个结果都是另外一件事物的原因。但我们从来对原因语焉不详，却孜孜不倦地追求结果，只是因为结果似乎更容易考量确认。我们在似是而非的过去里寻找到今天必然的结果，曾经的原因；在不明就里的未来中探寻今天活着的意义，可能的结果，却没有些微的精神正视当下。

今天被我们描述成昨天的结果，未来描述成今天的原因。于是，我们寻找昨天的理由来解释现在，用明天的臆想来决定今天。我们被世界裹挟着前行，随时揣测这个世界的善意和恶意。我们渴望这个世界给予我们答案和展示结果，世界最大的善意在我们眼里，就是让我们无从选择；而世界最大的恶意，无非是给你随时选择的机会。

过去是否美好你都无法改变，只能涂改；未来多么诱人，也要走到那一天才行。我们的过去，不是为了今天我无法选择才存在，而是努力给今天可以提供更多的选择；我们的现在，也是因为可以选择，才能拥有未来。

过去很美好，但因为过去的美好才造成今天的不美好？未来很炫酷，是因为今天的自己痛恨当下的我？我们回忆里的过去，人生永远是把各类结果储存停当，却永远不观照结果又产生了什么样的原因。我们又借着这些结果，去推导未来我应该如何，于是现在还没有经历，就变成另外一个必然的结果。

你总不会从昨天直接前往明天，这个今天很讨厌地站在路中间挡着。只是你可能只学会了如何缅怀着昨天、怀揣着明天，对今天怒目而视、无比厌恶。你厌弃的理由是昨天你曾拥有、曾邂逅更好更纯洁的，或是明天自己可以更好地把握人生，却被今天的现实笑话着，再一次让明天继续怨念丛生。比较过去你永远必输无疑，因为现在永远在改变之中，过去却看似毫无疑问；幻想未来与当下，你永远感受不到快乐，因为不快乐的今天也得不到快乐的明天。

应该，**今天不是昨天的结束，而是明天的开始。**只简单地因为，今天是可以改变的。结果总是不能改变的，而原因可以，最好的也自然是当下。爱的结果是爱，不是恨；爱情的结果是爱情，不是婚姻；婚姻的原因是婚姻，不是结果；人生的原因是当下可以改变、可以变好，不是过去未来有多么美好。

命运不能改变，我们能改变心情；环境不能改变，我们能改变能力；年龄不能改变，我们能改变境界；悲伤不能改变，我们能发现快乐；结果不能改变，我们能更加努力；选择不能改变，但我们可以创造机会；爱情不能挽留，但我们可以拥有爱的能力；背叛不能改变，但我们可以寻找真诚……看似充满感恩地回想过去，看似充满渴望地幻梦未来，都需要你让今天变得更好。

不必怨念现在没有过去美好，也不必等待明天的太阳比今天温暖。你总是可以正视当下，让今天比过去美好一点点。让昨天的因不造成今天的果；也可以让未来成为今天的未来，不把今天当作一个结果，只当作明天的一个原因。你今天可以改变的，才是明天可以美好的。

最简单的最难，最难的最简单

不管别人如何评价你的人生，你注定是你人生的工匠。锻造自己的材质，学习需要的技能，将技能转化为能力。最简单的最难，抱着对人生的敬畏，做一个自己人生的工匠。

"君子不器"语出论语，孔圣人对君子一直很感冒，估计是自己毕生追求，所以要不停地学习和宣讲。

人器不器的，往低了说不能成为一种工具，往高了说无非是努力做到"无用之用"。至于不拘泥于自己的格局，要勇于尝试突破，背后也无非是学习和眼界。中国人，对于成器这个事情，一直纠结得可以，爱恨交加。

匠气在过去我们多少有点鄙夷，因为大师们唯一需要甩掉的陈渣劣习，无非就是匠气。但物为之用，总要过了匠人的手，每个人拥有的总也不会都是大师力作，生活总是被各类匠人支撑着，也不管你喜不喜欢工匠。

现如今，工匠精神却又流行起来，有点跟老祖宗对着干的意思。还好"君子不器"里还有容纳的意思，我们也需要对工匠精神多点包容和理解。中国流行的是巨匠、巨擘，需要庞大或值得竖大拇哥。而Craftsman's spirit，真到了现代社会，越是欲望繁多、网络虚拟，这个最实在的精神倒是大张旗鼓地流行起来。也不知道是因为我们确实需要，还是因为缺失。

有个朋友是做紫砂壶的，全手工，一般半年左右我会从他那寇个壶，林林总总，一大堆了。偶尔盘点，发现大多数都是光器，就是那种实用为主的传统器型，没有什么花活或是缀饰。又不能每把壶都用，偶尔换壶也是心情和季节使然，剩余的时间多少担负着摆设的作用，都质朴无华也不尽美嘛。于是，问他所以然，有点怪罪的意思。

朋友倒是安静，说，**最简单的最难。**壶这个东西是拿来用的，于是它的美在于用得便利、舒服，失了用的功能算艺术品其实也死了。在你使用的时候越没有存在感，不让你觉得别扭和不顺手，才是好东西。而任何一个壶，都是充满曲线和互相闭合的东西，它要顾及里面的茶叶怎么翻滚和舒展，也要照顾水如何流，然后才是壶的存在。壶的外形是要让你知道它能包容的东西，而不是它外形是什么样的。

光货的瑕疵是最显眼的，因为是光货，它表面的曲线带来的光影一定是确定的，是充满美感和过渡的。任何的线条和造型的缺陷，是一眼可见的，拙了就笨；过于灵了又轻佻；圆润持稳、内敛光芒是没得什么可以掩饰、转移的——它们都明明白白在那儿。

而且壶要烧，要选泥料，光货的泥料显而易见，够不够纯够不够老，越大面积的展示，越能显露。全手工嘛，除了技艺和纯熟，和心境、环境都有关。匠人都傻，也必须傻，做壶就是做壶，依着流程做就好了，但一方面要想象做出来的壶整体是什么样的，但每一刻做的事情却只和这个环节的一个点有关，串起来就是好东西，有一个点败了，也就整体败了。

壶和别的东西不一样，艺术品或许需要激情，做壶要的是安静的力量。在做壶的时候，不管之前心情情绪如何，做完之后还有什么事情要办，做壶的时候必须安静，安静不安静做成的壶一眼看得出来。你不是常打坐吗？那种感觉跟做壶一样一样的。

这样的说教跟卖货差不多，要说一个东西有价值，无非要么是充满故事，要么费了心血，最高境界自然是说这个东西是有生命的。但是好在能知道工匠精神也不易，最简单的最难，这就是Craftsman's spirit——人生也就需要工匠精神。

其实**这个世界是实用主义的世界，精致的利己主义大行其道，贩卖思想、贩卖艺术，其实和卖东西都没什么差异。**工匠精神，你再怎么喜欢或是鄙夷，总在你人生时时刻刻里如影相随。

人生的讲述总是只有开始和成功，中间的过程和失败总是被自己有意识地掩盖，除非那些失败值得炫耀。人生就是个怀揣梦想，却又埋头前行的旅者。回望的必然，在前行时都是犹豫不决的选择。你总以为技能和技巧可以成为安身立命的根本，却永远不明白你做出来的作品才证明你的价值。

人生的盛宴，不是你受邀参与、衣冠楚楚地出席，而是你在准备食材并下厨。你准备的材料，可能糊弄得了你，未必糊弄得了这个世界。你也或许暗暗操练很久，却在真正面对人生的时候惴惴不安。你梦想的筵席，和绝佳的食材中间隔着的，是安静的力量。即如一把壶和泥料之间，看似永远是个技能，其实是安静地去做，按部就班如仪轨，安静专注如婴儿。

或许你选择更灿烂、更美丽的人生，但前提是你不是为了遮掩你材料不好，中间不够安静，人生的技能不足。当你为了掩饰自己而装饰自己，为了无用而装出一副有用的样子，如那些花哨的紫砂壶，收获的或许是赞赏，其实是人生的硬伤。

世界从来都很诚实，你都骗过了自己，却骗不了世界。这个世界也很无聊，你以为费尽心血的人生，却被世界这个买家说三道四、指指点点。现实的生活，总被梦想叨扰得毫无心思前行。梦想和现实对立的时候，连安静的生活都变成了奢望。

不管别人如何评价你的人生，你注定是你人生的工匠。锻造自己的材质，学习需要的技能，将技能转化为能力。很多的失败是因为梦想太大，或是因为梦想而无视当下。很多的失败，无非是懒得锻造材质，懒得遵循仪轨。更多的失败，是努力掩饰我没有安静对待我的梦想，只是害怕自己的人生被自己的努力戳穿，我越努力炫耀我人生的花活儿，越让我的人生无用和瑕疵尽显。

我还有个朋友是做玉雕的，他把玉的美归结为对玉的敬畏，将作品归结为，在本质和祛除瑕疵之间寻找最美好的平衡。看似与做壶无关，其实如做壶一样，永远和人生有关。

最简单的最难，抱着对人生的敬畏，做一个自己人生的工匠。

第三章　生命之书——365天的静心冥想

用自然的心与生命对话，体悟生命的缘起，解脱生命本然的恐惧。

你可曾安静地坐着，
不专注于任何事物，
也不费劲地集中注意力，
而是非常安详地坐着？
这时你会听到各式各样的声音，
会听到远处的喧闹声以及
近在咫尺的细微声响。
这意味着你把所有的声音都听进去了。
你会发现自己的心
在不强求的情况下产生了惊人的转变。
这份转变里自有美和深刻的洞识。

珍的惜、随的缘、感的恩

珍的什么惜，随的什么缘、感的什么恩

“珍惜、感恩、随缘”，是类鸡汤兼励志的词，也可以索引到禅佛的清凉世界去。及至，面对世界的无力，生命的毫无存在感，这几个词连武器都算不上，最多是个安慰剂。但毋庸置疑，偶尔把这几个词当作隐形的铠甲，起码自我会昂首挺胸、睥睨众生些，能让自己佝偻的前行身影，多点自我感觉良好，想想也是好事。

关于珍惜

小A是标准的暖男+备胎，没有恶习，细心而阳光，微微的洁癖+强迫症，敏感而细致，品位出众、万金油般的丰富知识，是个女神随叫随到的主儿。

我经常诧异他对女神的执着，活在各类男主的阴影下还能茁壮成长也是奇迹，他给我的理由是女神是珍惜他的。女神对他的呼来喝去，或是颐使气指，不管是忽然的失踪或冷漠，还是偶尔的热情如火疑似家人，最能说服小A的无非就几句话，“我珍惜你，我才对你这样，我怎么不对马路上的人这样呢？”“我珍惜你，我才在你面前展现我不好的一面。”偶尔小A开始怀疑或是撑不下去了，女神就由高冷转为“神经病+脆弱”模式，一句“我想你了”或是

“我好累，你能来陪陪我吗？”就解决了。

“珍惜难道不是不停歇的行动，而仅仅就是高看你一眼，在她心里有位置就是珍惜，没位置就不是珍惜？”问出来一定是伤害小A的，我却不得不说。

细思，珍惜是行动的结果，是持续不懈的行动点滴涓就。但有些人的珍惜只是心里的一个认可，嘴上的一个词眼儿，或是当下重视的感觉罢了。没有行动的珍惜，只是满足自我心理的安慰剂，珍惜的其实是自己，那这样的珍惜是利用别人来验证自己的存在感。将自私的爱自己描绘成珍惜别人的样子，也是另一种戏谑！

关于随缘

小B和小C，异地，恋得艰苦卓绝也乐在其中，偶尔的小猜忌和时不时地突然出现，让恋情苦到茶饭不思也甜到无尽忧伤。

距离是可以打败的东西，时间却总充当着终结者。大约两年工夫，分手了，不是谁移情别恋，也不是谁禁不住诱惑。只是某个点，小B小C都觉得好辛苦、好累，撑不住了。一句“随缘”，没有遗憾地结束，也就被时间快速湮没到似乎从来就没发生过。

说到“随缘”，是个充满孤独和无奈的词儿；论到禅佛，随缘本是无一物的悟境，当下的刹那。现如今，却成了最多人用来掩盖放弃而寻找的理由。你决定放弃了，坚持不下去了，一句“随缘”就似乎解释了一切。将失败和放弃交给命运去解读，一切都似乎理所应当，而真相却是你畏惧努力和坚持而已。**当你努力和坚持之后，没有力量去坚持和努力时，你才有资格说“随缘”。**一点点的苦或累，“随缘”就在你心里冒出来，那随的不是缘，随的是你的惰怠或自私、自恋吧！

关于感恩

朋友为了公司，接受了流行的以孝道为本的公司励志课程。回来唯一的收获是成了“话痨+励志师”，开口闭口都是“现代人不懂得感恩，没有感恩之心的人没有未来”“拥有感恩之心的人，才配拥有成功”诸如此类的话。社会那么残忍，世界如此无良，唯有感恩才能救世界?

我笑话他无非是个小商贩，做赔了生意痛骂生活，只不过换了个得道高僧范儿。“心静不问禅机，无事方做高人”，当你要求或恳求别人感恩，无非是说你觉得自己付出足够多，收获却可怜的少。这符合“二手车心理”——你拥有的东西或是为之付出的东西，你总会觉得价值大于社会认可的价值。那么，这样要求的感恩类似等价交换，可悲的是交易双方都觉得自己亏了。

感恩是个人的内觉，不是外化或是要求别人遵循的规范。**更多的感恩来自于对当下的感悟，计较的人谈不上感恩；只关注自己付出的人，自然也无法感恩人生的给予。感恩是用来准备下一次的付出的，不是为了计算昨天的输赢。**否则，你赚的时候感恩类同慈善，输的时候要求别人感恩，无非是赌徒的无赖。

火烧云满天的时节，秋天已然探出了头。炎热曾经让人懒得呼吸，懒得思考，懒得说话。又开始想喋喋不休的时候，天应该已经要凉下来了。

如水的未来需要认真的心

如水般，停止当下与已知的比较，同样不再奢望想要一个笃定的未来。不做一个经验者而做一个经历者；不做一个经历者，只做一个参与者；不做一个参与者，只做一个不被感知存在的存在者。

差旅奔波中，为了朋友托购一套茶具，去叨扰了茶友兼佛友。

茶已然换到第二种了，生普。为了清清嘴里残留的味道，先白水伺候一下。舌头多事多情，此水微甜，抬眉相问："山泉？""不凑巧，今天没有山泉了，铸铁壶而已。"

有点讶异了。水且不论鱼目、涌泉、鼓浪之别，此仅去铸铁壶里走了一遭，已然如此，茶之清浅厚薄，或许已然变化。

水，几于道。老祖宗很是推崇水之天道，至柔至强，"利万物而不争，处众人之所恶，故几于道。"人总是固执地认为，世界甚至宇宙一定唯有一种特质，才得以存在生命，地球就既是最大的幸运儿、也是最正确的标准。水带来生命支撑生命，水涉及你能不能活的问题，其他的似乎无非是活得好不好的问题（空气除外）。

水是不是道无所谓，"几于"嘛，老子还是给自己留点备选和退路的。

水不是答案，答案解决不了问题。到底是舌头的敏锐还是铸铁壶的功劳，微甜的水味仅仅是去了氯气还是增添了铁离子，还是密度和结构已然变化？还是加了点气泡，如依云，加了气也可以堂而皇之地入了大餐，活色生香？骗了眼睛、骗了味觉、骗了嗅觉，或许就能改变水对你的功效？

还是仅仅就是自己的心境罢了？前些天竟然写出“冬雨是雪被感动到容融，还是云被无情冷酷到落泪？”这样摇摆不定、自作多情的句子，想来就是冬雨而已，自己心境迷惑罢了。

水有禅心，“心不空佛不住”。水除了有限的那些致命诱惑或累世恩仇，一般都包容地面对一切，不涂抹，也一概不警示。至上的毒品是无色无味溶于水的，那这个恶毒，到底是水的包容还是毒药的高深，抑或人对水的必需？加糖是甜的，加盐是咸的；加黑是淡的，加红是粉的，不尝试改变什么只包容什么。**包容是因为足够空，包容是因为不奢求改变，也不害怕被改变。**有什么东西，既不是任何事物的延续，也不是任何事物的开始？

水，爱和美是一回事。水充满对世界的爱，于是它很美。你觉得一朵花美丽，是因为它有益，它可能触动到你，还是你爱它？**爱与美是一个东西，但你会一直以为美让你产生爱。美存在当下的一切里，但当你没有爱的时候，美成为可描述可利用的，美不需要喋喋不休的心。**我们问为什么是美的，忘记了美就是美；我们追求占有和结果，忘了当初只是因为爱。

水，认真的心，随时的纯真。每一次认真对待自己的心，是不是在旁观者看都是一种“狠”？人生的顺序，你的心智，你急匆匆地已然安排停当。对未来的渴望，怀念旧时的美好，都使当下的你无法认识、感受、面对现在。当你的人生被设定的程序绑架，认真的心不大可能存在。因为纯真所以改变，因为认真所以学习。学习最难的不是需要选择什么，而是需要忘记什么，只是需要认真的心、随时的纯真。

水，未来的水，未来做水。水不担心未来是不是水，或许因为永远是水。但你把别人的知识、别人的认识、自己的经验，自以为的历史投射到未来，造一尊上帝来解救现在的你，多么可笑的举动。你没有见过佛，如何见了知道他就是？既然未知，如何已知？你努力靠思想制造的，又如何是真实的呢？历史的经验让你屏蔽当下，知识的累积让你误解未来，你做不到纯真上路，或许你就得不到真实。改变是因为我是水，不改变也是因为我是水。爱让你不再妥协，但让你学会改变。

什么时候，可以如水般，停止当下与已知的比较，同样不再奢望想要一个笃定的未来。不做一个经验者而做一个经历者；不做一个经历者，只做一个参与者；不做一个参与者，只做一个不被感知存在的存在者。

茶已然换到了煮普洱，米汤的味道。想起一个朋友，总是劝我喝白水就好。想想也对，茶很好，白水应该更好吧。

恐惧和欲望轮回，成功和失败迭代

黎明总是纤细和充满变化的，点滴的渐变成就了太阳的升起，夜总是不知道怎么就黑了，黎明却在每一刻的敏锐里，渐次明亮。

你见过你城市的黎明吗？

因着自己是可以晚睡，不能早起的主儿，错过了太多自己城市的黎明。前几天，差旅间因为肠胃不好和蚊子的热情，迫不得已爬起来瞎转悠。

夏天的黎明，雾气一半是因为昨天的雨，一半是打扫卫生的扬尘。路灯忠于职守，跟有否人气无关，透过雾霭照下来，虽然清冷，但还算明亮。昨天的雨已无痕，就剩了一点点洇润，花草树木倒是有点精气神。

偶尔的一辆车开过去，自由驰骋而响亮，睡眼惺忪的人开车和看车开过都有点迟钝。黎明总是个蹑手蹑脚害怕打破寂静和争先恐后制造喧闹的时间，黎明前的黑暗开始反复的时候，灯次第地亮，食物的味道开始调戏夜的气息。满眼的物件开始清晰起来，步子不由自主地快些，黎明也就到了。

黎明总是充满欲望，不似夜已深沉时，每一盏灯的熄灭，都代表安静多一些，哪怕背后是无穷的欲望和恐惧。黎明的欲望总是充满竞争的，也让人充满危机感。浑浑噩噩里充满恐惧，却又充满欲望，这个城市的黎明多么像我们的生活，也就是我们的生活。

每一次的深夜晚睡，不代表我们多么努力和忙碌，只说明惴惴里明知自己荒废了一天。而每一次拒绝黎明里醒来诅咒黎明，是畏惧面对总是不满意的人生，寻找一些逃避的理由。于是我们睡前充满恐惧，醒来充满欲望；睡前美梦如何不劳而获，醒来千方百计逃避付出。命运不会驱赶谁，但时间会，时间对我们而言，不是我们得到了什么，而是我们得不到什么或是丢失了什么。

黎明对谁都很公平，人却把自己分类了：醒来延续昨天失败的、醒来复制昨天成功的、醒来就为了跟昨天不一样的、醒来就是被迫醒来被世界驱赶的、昨天压根就没睡的、醒来就是醒来不知道为什么睡为什么醒来的、醒不来或压根不打算醒来的等等。

人生说矫情了是翻越一座座山峰，虽然绝大多数时间你深陷泥沼；说直白了，无非是面对一个个的黎明，虽然绝大多数日子里你醒着和睡着差不了多少。我们感受的欲望和恐惧差不多一回事，怕失去、得不到而充满欲望，恐惧是因为你设计的、笃定的未来，永远和现实不合拍。

所以，我们善于在深夜里思索和幡然悔悟，然后在黎明重新叽叽歪歪、老歌新唱。我们在鄙视欲望的时候学会审视自己，在深夜里决定重新来过，但在黎明时刻重新欲望满满；我们在恐惧里学会认识人生，在辗转反侧里明白自己的重要，却在黎明到来的时候让欲望迭代恐惧。黎明对这个世界而言是新生，对你来讲是恐惧和欲望彼此轮回，成功和失败交相代替。

偶尔想，我们从不畏惧深夜，因为可以无限制地诘问自我、剖析人生，我们却畏惧黎明，畏惧看似即将的成功和注定的失败。成功总是即将到来的，失败总是在所难免的，这基本是人生的背景乐，起码是你自己喜欢的无限单曲循环。

我们越接近成功的时候，不是等待成功的到来，却是越恐惧失败。要么我们假装成功，可以堂而皇之地面对实际的失败；要么我们制造新的欲望去涂改理想，然后就能既重新开始，还可以不确定自己现在是成功还是失败。

我们打着渴望成功的旗号，重复每天失败的游戏，夜晚来临的时候警醒，黎明来临的时候惺忪麻木。充满渴寄，却永远不愿意开始行动，不在夜晚补给生命，而是消耗自己的气息。在黎明里咒怨疲劳，不得不复刻再一次的失意。

永远别期冀和欲望和平相处，那是一场无穷的消耗战，只单纯因为你既渴望成功也畏惧成功，把欲望的达成和梦想的成功画等号。骨子里你是想靠着成功去掩盖你其他的失败，于是注定在深夜里纠结，黎明前恐惧。如今的人，从来不害怕失败，因为失败永远可以寻找到最合理的理由，而且成功课足够多，可以无休止地学习复刻。我们总是躲避成功，因为成功需要你忘记欲望和恐惧，做你不得不的担当，去验证自己的人生。

或该，黎明时的欲望少一点点，拥抱自己的清醒而不是畏惧这个醒来；对人生的恐惧少一点点，努力去经历自己的人生而不是设计人生。不畏惧成功，也不畏惧失败，不畏惧自己必须去做的，不去揣测这个世界。

黎明总是纤细和充满变化的，点滴的渐变成就了太阳的升起，夜总是不知道怎么就黑了，黎明却在每一刻的敏锐里，渐次明亮。

洗澡的温度和孤独的力量

孤独的你，应该还是拥有温度，可以感知冷暖的你。世界的冷暖、人生的悲喜，无非是你还能感知，无非简单地因为你是一个活生生的有温度的人。

孤独这个事情，是人总会很纠结。这个世界研究哲学、心理的，多多少少都在探讨孤独。似乎孤独的问题解决了，这个世界也就美好了、大同了。

看到一则消息，有一伙科学家或是心理学家，研究了好几年，发现人的孤独感和你洗澡的温度和时间成正比。温度越高、时间越久，你的孤独感越强，当然前提是你独自洗澡，还有这个机会和能力负担。

然后看到浴缸和浴室，就有点好笑和惶恐。想想也奇妙，孤独这个东西，一方面怕寥廓，一方面怕幽闭，是个左右不是、难伺候的主儿，却在遇到热水、浴缸和浴室时，土崩瓦解，瞬间奴性十足。这或许，才是真爱？阿呆爱上阿瓜，孤独爱上洗澡？

孤独一般会被描述成宿命，无非你永远无法感知别人的内心；即便感知了别人的内心，却无法感知别人的过往、别人的记忆、别人的思考、别人的身体，往高了说那是“受想行识”，五蕴空不空不知，也无法得知。偌大世界，看似你一直在和世界互动，却可怜得只剩下联系互动后深深的孤独感。

细思起来，也倒想得明白，世界很冰冷，于是内心很凄凉。人与人不能互相取暖，这个世界又总让你觉得冷酷，或是逼着你冷血，那洗澡温度高点自然是必需。借助外面的温暖，逐渐融化自己僵冷的四肢和心灵，这个跟悲伤后的热巧克力、暖咖啡，一条羊毛毯、一段音乐差不多。

时间长短值得回味思量，是用在洗澡上的时间多，还是用在胡思乱想上更多，抑或彻底什么都不想消耗的时间多些？对身体的关注更多，还是对心思？还是为了掩饰悲伤的泪水？还是可怜到，只有这个时间属于孤独的自己，其他的时间都是被这个世界压榨和瓜分着？还是如浴室歌王，只有这样的空间没有世界的评判，才自我感觉良好？

那孤独倒简单了，无非是你理解不了世界，世界不理解你。没有世界的叨扰和强迫，你才明白自己的存在，才能感知自己的快乐、掩饰自己的悲伤。一个有温度可以感知冰冷的人，需要和这个世界划清界限。

孤独如此看来，类同投降书。已经搞不懂是世界和人生让你孤独，还是因为人生和世界努力让你冷酷，你只好选择孤独自己。摇摇白旗，我不玩了，所以我孤独了？这无力得有点羸弱，这无辜得有点悲情，这悲伤得有点宿命，这无奈得有点值得恐惧。

如果孤独是可以消除的，人类早已经懒得探讨；如果孤独是宿命的，那我们需要寻找的，无非是如何能让孤独充满温度和充满力量。孤独有没有可能充满力量？让你与世界保持存在又和平相处？安静而有温度？有一点喜悦的光芒？

我喜欢冥想，在冥想没有流行的时候已经开始，流行了也在坚持。除了繁复的方法和仪轨般的遵循，其实各类的冥想，无非跟洗澡差不多，让自己和自己无关，让自己和过去、未来、现在的自己都无关。唯一好受点的，就是孤独感少点，自己都懒得审视自己了，怎么可能还孤独呢？

要说冥想与洗澡有什么不同，也无非是添加了一点安静和喜悦罢了。无论你是数息、忘记或观照身体和内心、断思离舍、无未来过去心、无现在心、无区别心、立意念或是舍意念，还是行走坐卧皆是修行，一呼一吸全然冥想。冥想的种类是够多了，但真论起洗澡和冥想的区别，也无非洗澡是逃避和享受自己，那冥想该是安静而充满力量。

当明白，这个世界和人生无论是善待你还是恶意对你，你都必然孤独。那你的逃避和悲伤，谄媚和铠甲，舍弃和拥有，并不会让你不孤独。你充满恐惧和欲望，分不清是因为欲望产生或是未达成造成你恐惧，还是欲望达成或是没有欲望造成你厌倦人生。最后你总要明白，恐惧和欲望，总不会让你不孤独。

你为了证明自己不孤独，所以满世界去证明你拥有的有很多。但因为拥有反而觉得孤独，你拥有的越多，你发现不能拥有的越多。太多的人本质上怕失去而不是渴望得到，如果你还想从这个世界里学习到什么，你或许就不能计算或保卫你已认为拥有的。只要计算你还能拥有什么或是不想失去什么，你的孤独总那么如影相随、深入心灵。

如果你孤独，那你拥有的东西也不是你的。你拥有的并不能证明你的存在，只能证明那些东西存在，包括你的记忆。当你越依赖这些东西去标记你的存在，你越不存在，因为缺失任何标签，你都不再是你，东西还是东西。当你依靠拥有什么而去驱除孤独，那拥有就变成了一种占有，你占有一切，也被一切占有。

冥想从来没刻意让你忘掉自己，强制安静自己，反倒是最终让你安静而充满力量。孤独或许也一样，当你以孤独为敌，期望战胜的时候，发现你不仅战胜不了孤独，还会收获恐惧。收获恐惧了，你还会让你自己产生无穷的欲望，利用欲望去掩饰恐惧，自以为用欲望的达成可以战胜孤独。而你正视、尊敬自己的孤独了，不再靠着洗澡或是冥想去驱赶孤独，你和孤独还是可以相安无事。

孤独的你，应该还是拥有温度，可以感知冷暖的你。世界的冷暖、人生的悲喜，无非是你还能感知，无非简单地因为你是一个活生生的有温度的人。逃避孤独最简单的方法，就是让自己随着这个世界的冷暖去消除温差，将人生的悲喜变换成温吞吞的经历。但结果是自己丢了自己，没有温度、没有悲喜的人生，或许更加孤独。你拒绝了冷暖的感知和悲喜，也无非是放弃了自己的存在。

时间本身很相对，你畏惧、悲伤时间的流逝，无非是因为过去的你走到今天，没有达到你预期的模样；或是今天的你，怎么看都不会达到期望的未来。这个人生总不会按着你的设计去经历，原因简单到每个人都是孤独的，因为孤独所以看待世界的眼光永远不一样，你却拿着别人的眼光看自己。反倒是冥想的寂静里，你不再观照自己的时候，看到了自己。这或许才是孤独的力量。

也或然，**当你孤独里知晓自己的温度，知道外界的冷暖，明白自己是这个世界的一部分。那或许也就知道因为自己是世界的一部分，所以你才孤独；但同样要明白，因为你是世界的一部分才有温度和力量。不纠结是否孤独的时候，你充满力量；当不恐惧这个人生的冷暖，你知道自己是个有温度的人。**

当你孤独，你才有可能和这个世界互动，你才能和你的过去未来一起经历你的人生。洗澡是冥想，冥想也是洗澡。这个人生，也就泛出点喜悦的光亮。这，就是人生的喜悦。

你僵尸般的生活如何迎接人生的挑战？

生活也就那几种类型：想得到但得不到；想得到能得到；得到了失去我伤心，得到了失去我无所谓。

一个修行的人，在一个城市边缘的寺庙修行，但因为香客太多，香火太旺盛，总觉得自己被打扰了清修。而且外面的集市太热闹了，自己总是被诱惑折磨，于是跟师父告别，决定离开此地，到别处去。

在他收拾东西，准备离开时，看见僧寮里也有一个人在收拾东西。

“你也要离开这里吗？我早受够了，这里的诱惑太多，让我不能静心，我要找一个没有这些东西的地方。”

“我也一样的，我也决定离开。”

“你是谁？”

“我，我就是你。”这个人说，“如果你是因为我而要离开此地，那我得让你知道，因为我是你的自我，无论你到哪里，我都会一直跟着你。”

读这篇故事的时候，Dervish给我发来一段话，是摘选《沉思录》里的一段话：

一般人隐居在乡间、在海边、在山上，你也曾最向往这样的生活。但这乃是最为庸俗的事，因为你随时可以退隐到自己心里去。一个人不能找到一个去处，比他自己的灵魂更为清静，尤其是如果他心中自有丘壑，只消凝神一顾，立刻便可获宁静，所谓宁静亦即有条不紊之称谓。充分地利用这种退隐的方法，使你自己得到新生。你内心的宗旨要简单和切要，拿来应用要立刻能解除烦恼，回转来时对原有的事物不再有何愤怒之意。

在春天的夜晚，安静是主题，我却很兴奋于故事和这段话的接续性，将前边的故事和这段话，合并起来当作一个讨论的主题。过了大约两周，我们聚在一起，探讨这个故事和《沉思录》的话——

“Dervish，你怎么看？你发的那一段话，你又怎么理解呢？”

“我崇尚简单生活，我尽可能地消灭对物质的欲望、远离世界给我的诱惑。我觉得时间会帮我解决一切，我不富有也不成功，但求心安，我将生活打理得还算井井有条。我对得起父母、老婆孩子，也对得起我的工作。时间总会让我成熟，也会帮我解决掉绝大多数问题。只是我觉得，我还是不够安静，我明白，这个世界不是由单个的人组成的，而是人与人的关系组成的，如果是这样，我永远摆脱不了问题的出现，我也永远无法面对人生的问题和挑战。”

Dervish在人生的绝大多数时间里，既不是优秀的那一拨，也不是无可救药的那一拨。父母是制造业的工人，自己高中毕业考入的大学也不是什么名校，学的财会专业，娶妻生子既没有波折，家人也没有太多的亮点。年纪到了四十，没有生活的风霜感，同样也没有跑赢时间的流逝感。于是Dervish没有谈得上的成功，也就没有可以痛心的失败。他绝大多数时间是平静而无奈的，因为他的不平静不但不会引起周围的波澜，还只会让自己更难堪。因为环境不允许他改变，只允许他承受。他的渴望不被这个世界认可，于是他会选择逃避自己的欲望和问题，他会形容自己是苦修者。他几乎是我们周边最多人最常见的样子，我们的朋友大多数都是如此，只是缺少那么些有意识的自我解读和解释罢了。

“Dervish，那你觉得归隐自己的灵魂，和你所谓的苦修是一回事吗？”

“不是，所以我才疑惑，希望能想明白。”

“生活也就那几种类型：**想得到但得不到；想得到能得到；得到了失去我伤心，得到了失去我无所谓。**那想得到但得不到，这样的欲望要么我们会怪罪这个世界或是别人恶意，要么鄙视我们自己的渴望。想得到能得到，这样的，得到了感受到满足感了，但似乎满足感稍纵即逝。得到了失去我伤心，那就是一种恐惧，我们会选择逃避或者是不去得到；而那些就算我们得到了又失去却不伤心，这样的东西会让我们觉得生活无聊。而这里面，说起来，自己和真实的自我都是背离的，无非是些类似欲望、渴望、恐惧、逃避、满足、厌倦的东西。”

“你的意思是说，我的无欲无求是假的，只是因为我没有和真实的自己在一起？而要我和真实的自我在一起，像故事里说的，首先要明白，想逃避的和想得到的东西其实都在自己的心里？”

“对的。Dervish，你或许觉得自己的欲望不对，或者觉得自己只能寻找相对安静和无欲的生活，但其实还是一种逃避。你总是要正视自己的欲望和恐惧，而不是选择你所谓的简单生活。因为你未来任何时候，有机会得到或是满足欲望，你同样没有任何的自控力和自律，最终欲望还是会毁了你。

“Dervish，你应该了解自己的欲望对不对，而不是探讨自己该不该产生这些欲望。不是优秀的人就该有更多的渴望，不优秀的人就该断绝渴望。而《沉思录》里提到的回归，总是需要认清自我的存在，并把人生的挑战，不当作一场战争，而是去平静地面对。你退隐的也应该是退隐到你的心里，而不是环境上的。”

“迎接自我的挑战？”

“没错，你追求的安静和无欲是环境上的，以为借助环境简单了，和这个世界少联系了，你的欲望就少了，也就能使得自己内心平静。但你的内心还是活生生的，这挑战可能是欲望、恐惧、悲伤、烦恼，也可能是快乐、幸福、喜悦，你需要的是迎接这些。但你选择的是，让这些东西都不存在，逃避了活生生的自我，也就等于对人生承认失败。与其说你在活着，不如说是僵尸般地活着。”

“我的生活就是这样啊，我没有能力让它改变，只能承受。我承担不了自己的欲望和失去我现在拥有的一切，我只能让我拥有的变得简单啊，然后就是不去做非分之想啊。”

“你可以让生活变得有趣啊，再不济你可以让你自己变得有趣啊。你可以发掘你的小爱好，可以去享受美食，偶尔花钱买点快乐，和家人去大自然转转，这些你都觉得会触发你新的欲望？你基本已经觉得自己的生活无趣，自己也不可能变得有趣了。你逃离渴望的同时，也让生活灰色调子了，而且还让你家里的人刻意安静和刻意地缺乏色彩。你不是内心有条不紊，而是生活的按部就班。这样的苦修，其实不是苦修，是放弃迎接人生的挑战吧。担当自我也没那么难，只要你愿意就可以。”

春天的辩论，不可能是安静的，因为季节本身不安静而充满无数可能。其他人说的，也很有趣，凭着记忆我记录了一些：

“心理学不是讲，你无论逃到什么地方，你都得带上自己，这才是一切心理问题的根源。”

“你最安静的时候，也是有人相伴的，那就是你自己，那孤独感其实不是孤独，而是面对自己的时候，感受到了面对自己的恐惧？”

“遇到诱惑的时候，恐惧于这个诱惑，是不是不对呢？那所有人生的问题是不是都会逃避？逃避是因为自己会被改变、会去想得到，然后就得不到或是怕失去，所以就开始恐惧？那你逃避的和渴望的都在自己的内心，换个环境是不是还是有这样那样的欲望？”

“内心的安静才能面对世界的纷繁复杂，而这样的安静不是内心空无一物，反而那些越充实的内心，越有自控力的内心，才能够更安静。”

“我们面对欲望的逃避，其实是一种恐惧，而应该做的是，正视这些欲望和渴望，让自我迎接新的挑战。”

“修行本身不是受苦，如果在生活里苦行，那其实同样是逃避自我。”

这让我想起另外一则小故事：

东波禅师和洞见禅师，见面总是打嘴仗，东波是个苦修的喋喋不休的禅师，而洞见是个追求顿悟的家伙。

一天，洞见禅师去找东波禅师，东波禅师没有好脸色，埋怨洞见禅师不按照仪轨修行，也不念经拜佛、宣讲佛法。

洞见禅师问道：“院子里的树开花了，鸟儿在上面鸣叫，这是佛法吗？”

“一定是啊，一切都是佛法。”

“那你看到了、听到了，我看到了、听到了，还需要再继续唠叨什么呢？”

“我们看到了，还有那么多的人看不到，所以我要宣讲啊。”

“你闭嘴。你宣讲的声音已经让我不能好好地看到花开和鸟叫了。”

你是你的黑天鹅

谁是你人生的黑天鹅，让你不得不变化、变革？还是自己做自己的黑天鹅，让自我随时期待改变并改变？

不想迎接自己人生的黑天鹅，似乎只好自己做自己的黑天鹅。

这几天在看《黑天鹅》。

在发现澳大利亚的黑天鹅之前，欧洲人认为天鹅都是白色的，“黑天鹅”曾经是他们言谈与写作中的惯用语，用来指不可能存在的事物，但这个不可动摇的信念随着第一只黑天鹅的出现而崩溃。引申了讲，**你不知道的东西、不了解的因素造成了革命般的变革，而却因为你自以为知道的经验和知识，而产生今天的危机。你总是被不可预见的事情改变。**

总觉得这个世界很疯狂，理性的人努力去证明的就是这个世界是非理性的。人在一次次寻找事物的结果，推导出完美的过程，寻觅到最确凿的原因，然后归档便于查询。但之后，却惴惴不安地一直怀疑，最终连这次的因果都推翻。只剩了一个结果，就是非理性下的事物发生，理性的后知后觉反而导致下一次的危机发生。

毋庸置疑，**这个世界的变化称得上革命的东西，一定是你之前没有想到的。正如你的人生，总是被某些标志性的坎坷决定，而不是某几次的意得志满所左右。**于是，命运总是被你挂在嘴上，机会一定是比能力重要得多，经历经验只是一种等待的资本，敲门砖罢了。

但谁是你的黑天鹅呢?

量变才有质变，无为而无不为? 至理名言，也就成为一种理由。可惜太多的坚忍，期冀的蝶变，不是破茧而出，反而是胎死腹中。重复你的能力，收获的一般不会是成功，多数是匠气，因为你太纯熟而变得对这个世界生涩。无为而无不为，也总是落得个随波逐流，将自己的人生湮没在别人的世界里。

遵循成功的仪轨、流程，再加点坚守和忘我，总该有点人生的眉目吧? 怕也未必，如果这个世界是由非理性的东西改变的，那成功就是个小概率事件。本身是小概率事件，你还要想复刻一次成功，那概率估计比中彩票的概率还砢碜。成功学带给你热情还算将就，真要带给你流程，恐怕会给你点颜色看看吧。

顺势应境，独立存在? 人生的趋势和世界的德行差不多，总在你以为还没结束，还不需要改变的时候变化了。这个时空唯一不变的东西是变化，但是谁的计划都踩不住点儿，环境很简单，趋势很简单，就是不明白。独立存在?月月讲，天天讲，时时讲，最后与这个世界割裂联系，与这个世界对立战斗，没有互动、融合的独立该是死亡吧。

快乐人生，人生快乐? 按着佛法说，**喜悦是没有对立面的，快乐总是比较来的。** 怎么?天天快乐的人其实不快乐?假装快乐和假装痛苦，是这个时代的常态，快乐没有痛苦衬着，总是有点似是而非，比较来的快乐，总有点心虚。不停说自己快乐的也一定是丑角般谄媚人生罢了。

人生如梦，梦如人生? 禅悟讲起来，只要你有确定感受的，不管是梦还是现实，都值得你认真对待。 木心说：佛家前半段是悲观主义。到了此点，似乎也就不悲观了。但戏梦人生，很多人旁观了自己角色的喜怒哀乐，却隔断了一切自己的悲欢苦乐，想来也慰藉不了生活的惨淡。

独立人格，无坚不摧？是这个世界造就了你看待世界的视角，还是你的视角决定了世界的模样？你是做了什么事情，才决定你是什么样的人；还是你是什么样的人，所以做了这些事？抑或你选择能做却不去做的事情，才决定了你是什么样的人？独立人格，在你还没有了解这个世界的时候，最多是你寻找因果的借口，各类逃避的理由而已。

谁是你人生的黑天鹅，让你不得不变化、变革？还是自己做自己的黑天鹅，让自我随时期待改变并改变？

先于社会改变你之前改变自己，先于人生否定你之前否定自己。所谓没有征兆的变化，无非两点：你不愿意改变；你不承认已经开始变化。这个世界的变化，总是很仁慈地给你昭示，要么是你没有看见；要么是你看见故意看不见。倾听、看见、触摸到变化，这个世界也会给你改变的机会。否定自己是改变的开始，世界总是遵循着“积累—开始改变—否定—改变”的路数，你否定自己的那一刻也就拥抱了改变。

明白固守的一定会被改变，随时迁徙的一定被猎杀。据说上帝创造迁徙动物是为了给沿途提供食物的。那随便迁徙自己人生的人，千般变化万种风情的，这个世界也会猎杀你吧。固守一隅，没有和这个世界和平相处、不分享的，是不是必然被世界攻破？建立与这个世界这个人生的分享，学会既不固守自我也不善变。

与这个生命和谐共舞，充满喜悦，不博弈人生，而是体悟生命。想跟世界博弈的死得都很惨；想时时快乐的都收获不到快乐。想歌唱需要与事物共鸣；想轻松的舞蹈需要与环境和谐共振。你与环境永远割裂开来，甚至反其道而行之，没有共鸣、没有共振，甚至不停地干涉、损耗，你又如何喜悦和体悟生命？把环境看作一个整体的，有生命的，你与之随时交流的，你的体悟就是充满喜悦的、随时起舞的。

寻找失败和坎坷中，自己不知道的原因，学会否定自己成功的原因。坎坷也好，失败也好，我们总是会归结到简单的几点原因，而不愿意去复盘整个棋局。于是，似乎规避掉简单的几点失败的原因，或是彰显几点成功的原因，就可以避免失败，就可以复制成功。如果能学习否定第一时间给自己成功总结的原因，否定第一时间给失败找的理由，坎坷会少些，成功会多些吧。

不回测人生，不预计未来，真正地看见现在。在结果里寻找因果，然后再投射到未来，是每一个人的通病——我们总是希望能解决掉过去的因，而不是面对今天的果，于是继续在今天再种下明天的因。可以回看人生，不能重新测算；可以渴望未来，不能限定流程。看得见当下，看得清当下的，才会享受未来。人生不是推理和量化，也不是经验的堆积，学习做一个对未来和过去的未知者。

不想迎接自己人生的黑天鹅，似乎只好自己做自己的黑天鹅。

第四章　活着不是给别人看的

生命有一种意愿，叫作成长；
做别人是魔，做自己成佛。

别让别人的议论，
压抑了自己内心的渴望，
别让大量的时光都耗费在了
不喜欢的人和事情上，
别让自己的生命构筑别人的梦想，
别在别人的生命里跑龙套！
人容易消失的地方，
不是莽莽丛林，
而是喧嚣人海。
卸下伪装，
让自己的内心歇歇脚。

你欠人生一个梦想，欠梦想一个开始

梦想无非是给人生说，我还在。不能实现的梦想大抵也就证明着自己不可能存在，那些可以开始的梦想，只是你欠人生的一个债，早还早了。

我辞职了。

差不多纠结了一个月，结束了这个职位七年的时光。其实有大约半年，一直问自己是否要坚持。当突然有一天明白，有问题出现的时候，其实答案已经有了，也就直接地选择了句号。

因为是合作久了，也就安排得较为停当，到最后一天自己召开会，宣布了自己的离职。靠着自己尚余的威权，明令禁止问我离职原因，所以留了半天的工夫收拾东西。

秋已深，阳光却温暖而琐碎。前些天的雨，在玻璃上留下斑驳印迹，于是此刻阳光在屋里也偶见明暗。一直觉得自己是个生活工作分得清爽的人，真到收拾东西时，反倒让自己有点诧异东西的繁杂——

十四本工作笔记，经了德式时间管理培训后，一直有随时记录的习惯。七年十四本，想来也不算多，倒是把七年和十四本画了等号，也就算是另外一种去繁就简，清明条理；

一些书，经济、管理、心理、哲学……独独缺了文学，内里还是有清晰的界定，工作和爱好还是分开了。倒是行业的书最少，符合一贯的学习风格，做好本行业的根本是充分从其他行业汲取知识；

茶系列，茶器顺手，杯盏罗列。都是朋友送的，因着也都很经心，所以平时不注意，收拾的时候很是点滴感恩。茶叶杂而多；白酒一瓶。跟自己日常生活茶酒的消耗差不多符合；

佛像、唐卡、佛经、沉香、香炉什么的。佛禅有求，求在己心，这些个最多算是个寄托，可以寄情不可寄物，但林林总总还是攒了一堆。平时观，为观个观己求静心，现如今安静地离开，暂时可以让它们寄居收集箱；

一些小物件，玉啊、木啊什么的，曾经的爱好罢了。礼物多是即将生日，各类朋友送的，都是一份情意。参差着，光笔就几支，跟自己在大家心目中瞎写东西的形象相符。几张装饰画、字画，风格迥异说明审美分裂，这是一个朋友对我的评价；

几张照片，孩子的画……

有个朋友说过，观察一个人办公室的物件，最能体现一个人现在的状态心境，也最容易了解一个人的复杂内里。在我办公室，他就曾经说过：**你努力寻找的平衡，要么成就了你，要么你就会瞬间崩塌。你信仰的，是你能坚守的，但因为你信仰的，你就永远别想妥协。**收拾临了，就这些东西，那我是什么样的人？现在的心境和状态如何？懒得想。

倒是细细算来，这半年给办公室添置的私人物品还真不少，约莫着五分之二。才明白，自己这纠结的，不停给这个工作环境增加一点附加的东西，想让自己晓得还值得坚持下去。按照经济学讲，不停增加沉没成本，用于抵抗机会成本。但真至决定离开了，附加的这些物件，都只会让你觉得累赘，还没有地方搁置、摆放。

这些年，一直敏锐找寻工作里有趣的事情，想方设法去把一件事变得有趣。然后在今天会明白，其实你喜爱的东西，无所谓有趣与否，你只会顺理成章习惯性地去做。真到了需要给自己的工作添加继续的意义、担当的理由、发掘有趣的事情，其实已然是意兴阑珊的隔夜茶、昨夜残酒了。当你努力想方设法去把某一件事变得有趣，其实已然无趣了。

骑驴找马是这个社会的主流，跳槽都是无缝对接，没有新的offer，现在的工作再不可忍受也要坚持。抛开生计问题，无非害怕世界跑得太快，自己被甩在后边；抑或是，忙碌成为人生本身，不管是真的忙碌还是假装忙碌，闲下来你会觉得自己就是个没意义的生命。

假装忙碌里骑驴找马，太多的人乐此不疲，于是，驴也骑不好，马也找不到。很多时候，左顾右盼闪转腾挪的，被驴发现了觉得难受，甩甩蹦蹦，你也就从驴上摔落。最后救命稻草般地抓住一只，十有八九还是驴，说不定还是只羊。

我倒是选择了，下驴走走。**不会生活的人不配成功，这个世界总该是乐于和你共同展现美丽的。**放弃才是开始，不是开始杀死过去。杀死你的一定是你的过去，因为你选择不放弃，自然没有新的开始。即如不是这个世界不允许你有梦想，而是梦想是被你自己杀死的。

你觉得亏欠的，你通常解释为力所不能及的。于是，你总是忏悔欠人生一个梦想，也只简单因为学会了忏悔，也就把梦想束之高阁、捧上神坛，落得个灰尘满满。我们经常擦拭昨天、幻梦明天，却从来不敢擦拭梦想。梦想越历久弥新，自己的人生越纠结的尴尬。

偶尔辨析自己的梦想，写作？旅行？无非是“在路上”和“存在着”的外化罢了。梦想不是用来实现的，只是用来证明存在的？还是梦想是否梦想，仅仅看能不能开始？

梦想不是给世界呼喊我来了，那个呱呱坠地的一刻已经昭示过了。梦想无非是给人生说，我还在。不能实现的梦想大抵也就证明着自己不可能存在，那些可以开始的梦想，只是你欠人生的一个债，早还早了。

至于你欠梦想的，一个开始罢了。

时间去哪儿之假装忙碌

反正你没打算实现你的梦想，因为你用假装忙碌骗过了自己，也骗了时间。时间从来没有价值，只有在你假装忙碌后，被你消费后，才痛惜般地瞬间升值。

“春宵一刻值千金”语出苏轼《春宵》:“春宵一刻值千金，花有清香月有阴。歌管楼台声细细，秋千院落夜沉沉。”大约是说春天的夜晚，多么美好和那么值得留恋。

一时好奇，探究一下中国古代的计时法，一天一百刻，似乎到了“刻”也就终了了。由此看来，古人们闲适得可以，起码时间的量度上，没有去毫秒锱铢。描写时间较短的词汇，如 “人生倏忽兮如白驹之过隙” 之类的，也就形容一下，甚不确实。

佛教，为了厘清宇宙明灭，倒是细发得无以复加，“一弹指六十刹那”“一眨眼二十四刹那”，乖乖哩个咚，甚而“一念中有九十刹那，一刹那又有九百生灭”，搞得都不知道该不该眨眼，敢不敢眨眼了。倒很符合现代社会特征，眨一下眼，世界都改变了。

时间这玩意儿，要么让你回忆，要么让你记录改变，或是让你感知生死明灭、珍惜懊悔。其实想来，时间哪儿也没去。觉得时间流逝，无非是要么你改变了，外界在你看来似乎没变；要么，是你看来外界改变了，你没变。这比较的差异，让你长吁短叹、徒增白发、佝偻前行罢了。

于是，似乎总是需要随时的忙碌，才对得起时间的浪掷流逝。现如今，人们一窝蜂地学会了忙碌，想来抱着的念头无非是，忙忙碌碌总该能抵御时间的侵蚀。现代人，没谁敢得意地说我走在时间的前边。大多数人忙碌或是假装忙碌，充其量是害怕被时间抛弃，被这个世界的改变所厌弃吧。

时间本身不忙碌，时间也学不会假装快或是慢，时间忠实地记录改变，却从来不研究造成的差异。而人，总是因为比较差异，搞得自己茶饭不思，诚惶诚恐地假装忙碌。

想起来前几天给朋友公司做培训——时间管理。

大家异口同声：做不完的工作，而且永远做着计划外的事情。有目标没时效，有计划没执行，有评估没改善，有流程没结果，寻找各类结果的证据而不是事情的原因。忙得底儿掉，时间永远不够，甚至自己的生活也大致如此。

我说，似乎每个人永远被社会驱赶得无处藏身，似乎这个老板跟这个社会一样的无良无德。其实怪罪这个社会对你残忍，是最简单的。社会这东西，逼着你脚不沾地很容易，但脚不沾地不代表你自己就会飞了。这个世界或许会引诱你崇拜忙碌，但绝不会强制你假装忙碌。

我们做个最简单的时间管理，“春宵一刻值千金”“一寸光阴一寸金”。买个计时器或是手机计时，每一刻钟闹铃一次，记一下之前一刻钟里发生的所有的事情。

记录一周，每天睡觉前，做几个计算：第一、你有多少的时间其实在无所事事、浪费时间；第二、又有多少时间其实你可以更有效率；第三、有很多事情做的时候，其实有更重要的事情要做；第四、无意义的事情你做了多少；第五、你最大的做事坏习惯是什么……

不用看和计算，你就知道你浪费的时间一定比真正忙碌的时间多得多，你假装忙碌的时间一定比你真的忙碌多得多。**你每一天，都在被假装忙碌填满，而你却怨恨时间太快、社会太烂、人生太苦、快乐太短。**

细想起来，你假装忙碌，假装很累，假装学习，假装工作，假装生活，假装人生，假装时间从来不够，假装指缝很宽、时间太细……虽然这个世界的忙碌，是因为每个人都很忙碌，但这个世界并不虚假。所以你假装忙碌很无聊，假装忙碌也就很虚假。

因为忙碌，你不能干的事情太多，甚至是爱或是幸福；因为忙碌，你不能快乐；**因为忙碌，你总觉得时间把你欺骗了，该快的很慢，该慢的很快；来不及青春就老了，来不及爱就散了，来不及快乐就悲伤了，来不及幸福就惨淡了。**就这样，时间还没影了，你还忙碌到要死要活，不停地问活着还有什么意义。

假装忙碌不过是你给自己找的活下去的理由罢了。因为你害怕，只要你没了痛诉这个社会无德的理由，你自己都不敢看自己一眼。你没有能力去使你的人生成功，没有能力去爱，没有能力去快乐，所以你假装很忙碌。这样可以掩饰你的恐惧，不是恐惧这个世界，而是恐惧自己。你忙碌着证明你的失败是理所应当的，而不是忙碌着证明自己是能成功的。

你都不敢该忙碌时忙碌，该休息时休息。你假装忙碌去躲避应该做的，然后看着时间告诉你，你梦想和现实的差异。反正你没打算实现你的梦想，因为你用假装忙碌骗过了自己，也骗了时间。时间从来没有价值，只有在你假装忙碌后，被你消费后，才痛惜般地瞬间升值。

那上一个“一刻”，我干了什么？

心里怨恨着改这篇文章；

抽了一颗烟；

烧水泡茶；

站起来游荡一圈；

QQ聊天三人；

浏览网页数个；

看手机两次；

洗脸、擦眼镜；

什么也没干，6分钟……

好吧，上一刻，我假装忙碌了，春宵一刻值不值千金不知道，反正我继续虚度。

幸福一点点地来，悲伤快快地走

人生总是看着漫长，然后被记忆里的悲伤和幸福左右着当下。当下的自己却渴望着大大的幸福，小小的悲伤。或许人生，只是需要幸福一点点地来，悲伤快快地走。

朋友的房子装修好了，约着我们去温居。

朋友是个奇葩，是个“比逼格更有逼格”的主儿，一套房子哩哩啦啦装修了一年多。倒不是有钱有闲，他自己还真蜗居着，骑着可爱的小电驴子，灰头土脸建筑着未来。我们一致觉得就是个不见尽头的装修，他却屁颠屁颠的意志坚决，抱着必胜的信念。

都说想离婚就装修，想短命就买房。因为都经历过，所以很奇怪他靠什么意念，把自己能哄得团团转，长期鸡血满格。想象着，美轮美奂是什么模样。

朋友们都客套地问需要什么礼物饰品，也算锦上添花，他却大爷似的说，我请你们温居是温居，咱一件件事情来，看了才知道要送什么吧。我们说，带我们孩子去你那尿一泡，童子尿更喜庆。他说，你们来来来。

及至到了家里，却也就那样，像是住了很久的感觉。唯一让人刮目相看的是，太生活、太方便，你能想到的他想到了，你没有想到的他也想到了——或许装修就该这个样？

酒酣菜残的当口，我问他，你是为了减肥还是自己就是自虐狂啊，还是为省钱不省命，拿装修当人生呢？

他说，你不懂，**幸福这种事情要慢慢一点点来。**我快快地装修不难，其实大小还是这个家，搬进来，新奇劲过了，就是无穷的烦恼，这不合适那不方便的。除了新，一点生活都没有，起初的幸福也就是一兴奋劲儿。

幸福来得快永远不是什么好事，比如温居你们要送礼吧，你们看了之后，挑选的一定精心，我也可以一件件地收获小惊喜。那我的幸福是不是就多点，**一点点来的幸福，我也就没时间不幸福了？**

在被他上了一课后，还真精心研究了一番。给他中式的书房，配了一张心经、一幅油画，前后鼓捣了半个月，他也满意我也小得意，他的幸福感也就分我了一些。

幸福一点点来？

忽又想起之前有个朋友，家里中邪似的。前前后后半年，不是老爷子摔了腿，就是老妈阿尔茨海默症，哥嫂打架。自己的工作也因为什么资格证，搞得岌岌可危。

她却闲情逸致地报了个厨艺班，和培训班商量按课时不按课程表走，狼狈地挤时间去学。过一段时间，就邀着我们去开吃货聚会。前提是告诉我们她又学了什么，需要大家自带食材，她负责辅料、烹饪。

叮叮咣咣大厨风范，味道还总是不赖。然后就好奇地问她，家里的事情搁别人，能保证自己还正常生活都不易,你还去学厨艺，还练得不错，你超人啊！别人都是被生活摧残，你倒学会给悲伤添加各类味道了。

她说，悲伤这种事情来得总是蛮猛烈的，淡淡的忧伤那都是矫情装出来的。可是你一多半的悲伤都是自己没事纠结悲伤来的，**人都是不由自主地在追逐悲伤。**悲伤这事还喜欢扎堆，既然扎堆了，你就得让它快快地走。悲伤来的时候，咱就悲伤，但最好不给自己机会，没事还思考自己到底有多悲伤，还能再悲伤点不。最后都搞不清是真的悲伤，还是自己在悲伤里打转转，开始享受悲伤了。

我报厨艺，反正我喜欢吃，现在也没钱出去吃，交点学费，骗点你们的食材，皆大欢喜。你们高兴，我也高兴，家里爸妈也高兴，悲伤也就淡点，何乐而不为呢？

幸福一点点地来，悲伤快快地走？

人生总是希望被幸福砸倒，被绝大的幸福围绕和淹没。窒息感和满满的热流醍醐灌顶，那样的幸福最好是让自己来不及感受和准备。让暴风雨来得更猛烈些吧，我们对待幸福也总是如此幻想。

但谁都明白，窒息感是感觉不错，大脑缺氧罢了。幸福来得猛烈，去得也需要快，否则缺氧到变痴呆，自己都先挣脱出来呼哧哧地喘。暴雨倾盆或是满溢的温暖，总也会来得快去得快。兜头浇下，感觉是强烈，可惜有点来不及回味就消失得无影无踪。

幸福不是悲伤的反义词，人生的幸福总是和平淡比较着。平平淡淡是福分，未必是幸福。**那些所谓说着自己平平淡淡才是真的，要么是没办法幸福，要么是真明白幸福需要一点点来。**幸福不能设计，却可以拆分，可以发现，可以创造，可以分享。学会让生活要被点滴的幸福串起来，小幸福就成了大幸福。

悲伤来得悄无声息，却坍塌般地无法抵挡。你左右不了悲伤驾临，你也没办法没心没肺地无视悲伤。**在悲伤面前假装快乐，有时候比悲伤还令人无所适从。**该悲伤的时候不要勉强微笑，因为这个世界不需要你这样面对悲伤，它只会添油加醋给你更多的悲伤。

你只需要明白，不要给自己的悲伤加码。你一多半的悲伤，来自于质问为什么我要承受这些悲伤，为什么美好一去不返，为什么是我而不是别人，为什么我越来越悲伤。悲伤本身，已经被你涂抹成自己思想里的悲伤，你把生活也都装扮成悲伤的样子，让快乐都不敢靠近。自虐般地陷入习惯性的悲伤，还埋怨这个世界为什么会这样。

同样，人生悲伤不是快乐的反义词。只要你让悲伤快快地走，生活还是生活。悲伤里的你生活如旧，人生也就如旧。悲伤会改变你的生活，但不会颠覆你的生活。悲伤里，不影响你看到一朵花开的美丽，或是尝试一些改变。悲伤着自己的悲伤，只要别因为悲伤而拒绝可以快乐的机会，没事别追逐自己的悲伤就好。

人生对自我最大的不堪是：幸福来了，我们却希望最好是天大的幸福，却不愿意去寻找、发现和创造一点点的小的幸福；悲伤来了，我们恐惧之余，却热衷于被悲伤涂改自己的生活，纠缠在悲伤里自虐，生产更多的悲伤。

人生总是看着漫长，然后被记忆里的悲伤和幸福左右着当下。当下的自己却渴望着大大的幸福，小小的悲伤。或许人生，只是需要幸福一点点地来，悲伤快快地走。

任何的“范儿”都是对世界的谄媚

没有谁的“范儿”值得你羡忌，因为那是一种结果不是一种原因；没有谁的注意与否能停滞你的改变，因为不改变的你、不成长的你早晚会失去这个世界的注意。

春茶夏喝，我到师父这儿讨茶吃。

茶室由阳台延伸出去，连接着外面的花园。半玻璃的房子，地面铺着舢板，落地玻璃外面固定着各类的花盆花架，草帘卷起来。外面一株红槭探着头，背景是对面楼的爬山虎。

师父是那种真会冬天化雪，夏天山里接泉水的主儿。今儿个，山泉，春茶，兔毫盏。让我眼前一亮的是，师父壶座子换了，似乎是个陶质的钱范（过去铸钱的模子），看似还是老物件，大泉五十的。我们的闲谈，也就从这个“范”谈起了。

“废铜烂铁熔化了，倒在这个模子里，就成了钱，价值立马不同。国不富强或是私人铸币，还可以偷工减料，进了一个范出来，就成了人人趋之若鹜的东西。到底是‘范儿’重要，还是这个铜重要，还是这个钱代表的财富重要呢？是不是你要成为有价值的东西，就必须有‘范儿’呢？”

金属货币通常都是等值的，其实做不做钱币，价值差不多，关键是钱看着舒服，可以流通，可以交换，有着大家认可的明确价值罢了。至于这个范儿，模样和钱差不多，质地多样，谈不上什么价值。有了“范儿”未必值钱，没了“范儿”关键你是什么东西。真到了改朝换代，你是铜还好，而是一个“范儿”，注定是个不值钱的下场。

“那‘范儿’到底重要不啊，现在满世界地装各类范儿。无范儿不生活，无范儿毋宁死的感觉。”

对这个世界谄媚罢了。今天的世界其实跟数据、欲望无关，只跟引起注意有关，所谓的注意力经济吧。与环境有对比的，改变着的，与我活下去有关的，危险刺激的，现在急需的，涉及性的，等等不一而足，皆可引起你的注意。而更为甚者，你会特别在意别人注意的，于是**这个世界，谈不上媚雅媚俗，刻奇（kitsch）大行其道而已，刻奇貌似已然融合了一切。**

你谄媚这个世界，却是为了让世界说你是与众不同的？这个悖论很纠结，你活着希望是独立的存在，是与众不同，是独立的视角。但确定这些的，不是你自己怎么认为自己，而是由着别人的视角，等着别人的注意。

你为了特立独行，独立人格，所以选择凝固自己，凝固成为别人认可的模样？“范儿”是需要你伪装，需要你假装，需要你在别人的注意力和自己的人生间寻找妥协。**别人认可的那叫“范儿”，自己认可的那才叫人生**，但你反其道，别人认可的叫人生，自己认可的是那个“范儿”。

人生本不怕选择，最应该怕唯一。但如今，每个活生生的人，却最喜欢做不得不做的唯一。是因为你想成为什么，你最终成为什么，还是这个社会让你成为什么，所以你成为什么？“范儿”到底是一种成功，还是一种逃避？你选择不选择你的人生，让“范儿”成为你唯一的选择，那**你就是放弃的东西成就了你现在的人生，而不是你选择的东西成就了你现在的模样。**

人生不是雕塑，去伪存真，砍削斧凿。人生该是，原矿挖掘、筛选、熔融、锻造、成形，再熔融锻造，再成形。每一次都是新生，都是去除杂质，增加有用的。当你选择外观的“范儿”，无非是将就一下自己的人生，屈尊进入一个未必适合你的模板。仅仅因为这样，这个世界会给你最清晰的界定，让你容易活下去，让你更容易被迫选择而已。

人生现如今，就是不停地给自己界定、装“范儿”，然后还努力证明自己独一无二。也或许，你开始装“范儿”的一刻，就不再是什么有价值有无穷可能性的玩意儿，仅仅是那个可以铸币，却永远固化的“范儿”。你最怕湮没在茫茫人海、面具单一，却选择另外一个面具，仅仅是看似与众不同，却是另外一种自我湮没。

因为别人是闪闪发光的金币，你就要去装个模样出来，还沾沾自喜地以为自己站对了队，是废铜烂铁再贴金还好，怕只怕做了这个陶范，不伦不类。那些金币，随着这个时代随时的准备熔融和改变，你却是成了“范儿”，改朝换代必然被厌弃、被忽略。

人生总是因为你还能学习，还能改变，还能成长，才有价值。任何一次的固化，都是一种逃避。你不是因为装出什么“范儿”，才安全、才有依靠，才决定你要怎么做、怎么说、怎么想。人生不是由原因组成的，该是由经历造就的吧。

逃避改变就是逃避人生，装“范儿”将自己归纳总结，也无非是畏惧未来。你拿着未来说事，而拒绝现在，即如你怕自己去爱，所以拒绝爱。最终落得的，也无非是你拼尽全力地奔跑，最后还是留在原地感慨，接受失败。

“范儿”是因为你学习了，改变了，所以成就了；不是你模仿了，化妆了，才展现了。不是你想让这个世界看到什么，而是你是什么。你不是因为别人注意到的你才是你，而是别人注意不到的你才成就你。做自己的事情，等待世界给你结果，不是拿着你想要的结果要求世界认同。

提炼自己、锻造自己、铸造自己，是为了明天继续这个轮回。而不是为了某个“范儿”，凝固自己，让自己从无限可能变成一文不值。没有谁的“范儿”值得你羡忌，因为那是一种结果不是一种原因；没有谁的注意与否能停滞你的改变，因为不改变的你、不成长的你早晚会失去这个世界的注意。

茶本无香，水本无色，夏本无春。但不装“范儿”的人生，总还是有太多值得可能的可能。

非修行者莫入人生

人生一定是乱入的，修行一定是你选择的，但这个世界不会禁止你是一株诚实的美丽的玫瑰。

前些天去秦岭，攀爬了一个山顶写着“非修行人莫入”的山，少年时登过，因着险要和辛苦，这二十多年，山如旧，人烟稀，少亵渎。在即将山巅的天梯，铁锁链似乎是清代的，铸铁的柱桩似乎是明朝的，被偶尔表白爱情的现代铜锁点缀着，那架势让已然沉重和微微不由自主的腿颤抖。天蓝得很不真实，云近得可触摸也就不可思议的白。

汗已然被山风吹拂得知道在出，但没什么痕迹。山顶的小屋，石头垒的，真有修行人。于是，入内不管不顾地坐下，面对着他喘气。累到面无表情，与他的沉静很搭调。

“师父好……”“哦，你好。”“这山顶，不修行的人不让来吗？我看在那里写着。”“胡乱写的，能爬上来，已然是个修行了。”“是啊，差点没累死我，二十年前吧，我爬过这儿，那时候您还没在这儿。”“是啊，但是那句话已然在那里了。”“是，我记得这句话，今天下了老大决心，一路腿都快走断了，能上来真不容易。”

“很难吗？无非是心到脑袋，脑袋到腿脚的距离。”

“哦……”

山有多高，水有多高，山风掠过石屋边的松树，波涛般的。

……

几天前，孩子的作业有一天超多。估摸着是老师心情不好，恨铁不成钢。眼看着要做糊涂了，于是擅自做主写了条子给老师。给老师解释了一下，承诺等周末再补上来。

第二天问他，老师查了谁做完没做完了吗，他说老师问了，让没有做完的举手。我说你举了吗，他说举了。我问几个人呢，他说有十几个吧。我说不可能那么多人做完了。他说是啊，问了很多人，都没做完，但也没举手。

他很不以为意，也不在意诚实意味着什么。而我只能告诉他，以后继续坚持这样。诚实未必有奖赏，但起码不用太费心思担惊受怕。

……

土里的玫瑰是什么样子？

玫瑰园在雅苑的一角，红色的、黄色的间或着，偶尔一两支的白色。因有一棵蛮大的榆树罩着，都有点营养不良、面黄肌瘦的。种花的人不管玫瑰喜不喜欢，于是玫瑰也就没必要那么美丽地绽放，也没法儿那么美丽地绽放。

这一隅的玫瑰，干瘪着叶子，坚硬着刺，花瓣因着炎热有点凋枯和卷边。这里的玫瑰并不高贵，仅仅因为它没有成为爱的信物。但不妨碍它在即将的暮色里，满布着玫瑰的幽香。

……

孩子的事，孩子不会在意这个诚实代表什么。我倒是多想了一些，**诚实到底是个结果，还是一种必需的坚持、必须得到的奖励？**如果说“给好人最大的奖励就是上天让他成为一个好人”，那诚实在没有伤害到别人的情况下，诚实的收获也无非是诚实，没有别的什么，最多多了点自己不必心惊胆战的坦然。但甚至偶尔会因着诚实，自己受苦。于是估计他，未来会在诚实上吃不少亏。

想来，修行和诚实也大致相若。**人生是一场没有结果的修行，你总是要行进你的人生，结果在那里，可惜你永远看不到。**因为结果和你无关，真有结果的时候，你也是站在天堂看或是地狱仰望。但在这个人生里，或许美丽的东西密布、俯拾皆是。**人生不是因为你少了苦痛就快乐，快乐从来和苦痛不是对立面。而是你能看到多少的美丽，你就有可能多么快乐。你不是因为痛苦了才不快乐，而是因为不快乐了自然痛苦。**

即如这些玫瑰，属于玫瑰的季节是二月，那些成束的玫瑰在二月里疯狂，地里的玫瑰，却在七月里绽放。你不能诘怨你不是二月的玫瑰，你只能如玫瑰般开放。人总不能活在窃喜里，因为窃喜伴随的一定是愧疚。代表爱情的是玫瑰的话，爱情就不是爱情，同样玫瑰也不是玫瑰了。

诚实地做自己，即如玫瑰就是玫瑰，或许能成为爱的表白，也或许就是夏季暮色里的一抹花香。如果非要给人生扣个修行的帽子，诚实的快乐、攀爬后的风光本身就是奖赏。这个世界的力量和别人的成功，都可以敬畏，但不值得膜拜。

人生一定是乱入的，修行一定是你选择的，但这个世界不会禁止你是一株诚实的美丽的玫瑰。

别为取悦“装出来的人生”，而对自己不认真

这个时代诡异到，没病不正常，有病洋洋得意。或许，当你明白你所有的病，仅仅是因为你不想对自己认真，只是为了取悦那个“装”出来的人生，那些个奇奇怪怪的病该会刹那烟消云散吧。

据说万恶的美帝心理学家，视我们的幼小心灵于不顾，残忍地把自拍也列为精神疾病的一种。那么多自我感觉良好，展示自信和自爱的习惯，竟然是一种病？什么强迫症、拖延症、数字困惑什么的，似乎今天都可以堂而皇之地说是一种病。

忽然感觉，这个世界充满了浓浓的恶意，常说西医忙活一整天就是为证明你有病。反正我不能证明你没病、很健康，但是我能想方设法证明你有病。于是乎，满世界都走着形形色色的病人，病症不同但天下大同，大同再多多少少都有病。自己没什么可说的毛病，都不好意思出门溜达。

其实病不病的不说，因为恐惧这个世界的变化、这个人生的未知，于是你总是让自己先扮演一个世界认同的角色，然后你又在角色里自怨自艾。**或许，这个世界最大的戏谑是你必须刻意模仿些什么才行，于是你那么害怕与其他人的不同，却又处心积虑地渴望展示自己的与众不同。**你先把自己放进一个社会认同的模子，把自己砍

砍削削，打磨完善，装入一个看似正常的标准，然后又因为渴望有所与众不同，四处哭诉你病魔缠身。

这个世界让你困惑，那只好装着明白这个世界，然后去找些有病的理由来欺骗自己。你总觉得世界是不会变的，人生一定是有范本的，跟别人一样，你才能成功，做不到复刻，大不了我就装。

假装活着，其实旁观着自己；假装忙碌，其实知道闲了还真没事情干；假装思索，其实用的是别人的脑袋和眼睛。装×不犯法，扮范儿吃得来！只要你愿意装，自然就能完美！

因为你在“装”，所以你有病。

病从何来？反正感觉不正常就是有病。但什么是正常，我也不知道，反正现在的人生不是我应该的人生。那什么样的人生才是你的人生？不管我现在如何，我起码要设计一下我人生的流程、标准、时效、目标、结果评定，稍稍背离了就不正常？还是，只有别人是正常的，我永远是不正常？于是，你有病。

还是，这个世界太强势，我只能装可怜？病了嘛，你们还好意思说我、虐我？羸弱身体、多情心思、屡受压迫、无穷欺骗，我就点小毛病，我都算坚强的，你们还想证明我没病？门儿都没有。我没病，谁还会有病？怕是，你病得不轻。

抑或，这个世界的美妙永远需要灵丹妙药才行？厌恶这个世界，给颗药丸，才好虚情假意地装作沉浸其中？我活下去靠日常的吃吃喝喝是不行了，没点治病加保健的药丸，那是不行的，能量块加千年参，我才能活下去。想来，你是必须有病才行……

你一直以为旁观自己的人生，扮演你必需的角色，这样你最不易受伤害，最轻松。因为你似乎不用为之受伤害，被评点的也是装出来的角色。也利于你设计你的人生，考量梦想和现实的差距。满身的病，也是这个世界强暴你造成的，唯一庆幸的是反正不是我，是我装出来的角色罢了。

你总是觉得先成为别人喜欢的样子，才能成就你自己喜欢的样子。你总觉得没有被关注的人生，就是最失败的生命。但你也明明知道那样装出来的人生与你半毛钱关系没有，于是成功装不成，只好选择装病。或是有朝一日，“装”也被认定为一种病？还是从来，“装”都是一种病？

这个世界是因为不同才存在着，你却认为只有“同”才能获取成功。扮演谁都不会让你快乐，包括假惺惺地扮演自己。只要你“装”，你已然病了，那些莫名其妙的有病，也是你为了“装”而收获的小情调而已。人活着最大的顽疾，怕是从来没有做过自己，人生最大的恐惧同样是下决心去活自己。

你做不到别人喜欢的样子，因为别人随时移情别恋。你“装”不出别人曾经的成功，因为那个成功已然是曾经。你不可能没病，因为你没有正视你自己；你不可能不恐惧，因为你设计的人生，总是被现实批驳得体无完肤。

只要你还决定对这个世界谄媚，无论是媚俗或是媚雅，你都会有无穷的理由去告诉自己，自己有病。只要你还决定旁观你的人生，设计你必需的经历和生活，那这个世界也会“呵呵”地给你添加点疾病，让你随时痛楚和伤痕累累。你寻找一切可能的理由，可能的病症，来证明你不能享受自己的人生，来昭示你必须去“装”某一个与你无关的人？

这个时代诡异到，没病不正常，有病洋洋得意。或许，当你明白你所有的病，仅仅是因为你不想对自己认真，只是为了取悦那个“装”出来的人生，那些个奇奇怪怪的病该会刹那烟消云散吧。

我有病，谁有药？

旅行的意义是旅行本身没有意义

我们注定是生命的穿越者，只要我们能每一刻的旅行都浸润其内，尊重自己尊重这次旅行。

我两个朋友，一个是深度游的绝对瘾者，一个是穿越狂人。

爱好旅行的人总是会有无穷的话题，也有无穷的彼此鄙视、彼此炫耀，也彼此对对方的旅行意义不屑一顾。我从来是好事者，热衷于他们掐架，经常替他们约场子，也慰藉慰藉我这可怜的、无奈的、不能经常旅行的人。

味道不错的苍蝇馆子，很好的黄酒，不知道在冰箱里睡了多久的海鲜。黄酒永远是既可以豪爽，又可以迷惑人的玩意儿，再加点热，配点话梅什么的，口感一流，暗藏杀机，媲美风霜老男人。

他们从来不炫耀装备，因为害怕我心情好或是心情不好，就顺走了。他们只会展示自己的感想感悟，偶尔炫耀照片。他俩唯一能得到共识的有两点：不会旅行的人——不是说不旅行的人，是那种旅行了而不会旅行的人，才会在照片中央永远有令人憎恶的自己。而他们用文字记录自己，用照片记录旅行；第二，两人都努力做一个会旅行而不是旅行的人，他们说旅行的意义就是旅行本身。

我挑事儿，为什么你爱深度游，而你就喜欢穿越呢？

我在一个地方待得久，我既不怕错过风景，也不怕看到丑陋。我尝试去和人、和任何一个风景对话，而不是给不是这个风景里的人说我到此一游。**旅行不是为了寻找风景，或是让自己逃避现在的生活，是自己能不能有另外一个角色，看看自己能不能去接近和融入一个城市或是风景。**

旅行最简单的事情是到此一游的精彩，最无聊是你为了逃避一成不变的生活而选择去看别人如何的无聊，然后自拍加拍照地证明自己是多么的惬意。罗列你去过的地方，似乎比你旅行的快乐更重要。你的旅行和导游的说辞，网上的评价永远差不了多少。

一次在蝴蝶泉，我一直待到几乎没有游客了，我才明白蝴蝶泉的美丽；还有一次，在成都和一个老人聊了许久这个城市，才懂得这个城市曾经是怎么样的，又如何是现在这样的。我吃到那个城市自己认为的美食，了解那个风光的自尊和无奈。美丽是用来形容风景的，历史是用来形容形象的，只有旅行的你才是用来形容这个风光和你当下的。

你们说我这叫深度游，**其实是我对自己和风光的尊重。我永远不可能遍历美丽的地方，但我尽量确保这一次的旅行对我来讲是一种经历而不是浏览。我用我的眼睛去旅行，我的心去旅行，仅此而已。**

那穿越呢？第一次他不反驳，我也就继续挑。

我喜欢穿越，一开始是沉醉于战胜感，战胜自己、战胜这座山、这个沙漠。我觉得只要我准备充足，意志坚决，身体够要强，够细心和大胆，我一定可以战胜。我也觉得这样，最终我面对我的人生和世界，一定也信心和实力满满。

再过一段时间，发现你一定会出事故，不管你是小心翼翼还是轻描淡写，还是一定会出事。骨子里，是你太自以为是，小心是自以为是，大胆自信也是。山也好，水也好，大漠荒原也好，他们是活的、有生命的，越看似一样越不一样。每一次出事，你都因为化险为夷而继续了，但你开始敬畏这个自然。因为**它们对你永远是无**

动于衷，所以敬畏它们，也就是开始敬畏自己。

再过一段，我知道我不是去穿越的，是看到自己和经历风光的。穿越本身就是目的，而不是穿越什么才是目的。风光永远比你想象的美丽，因为你是风光的一部分。**过去我常说我征服了什么，我现在总说我被什么征服了。**你看我现在拍的照片，早不像之前永远得意于山顶俯瞰、目的地的标志，而是更像个老妈子唠叨路上的细节。

我累了就休息，想去了就去穿越。那个风光、那个穿越一直在那静静地等着我，它不急，我也不急。我尊重它，它尊重我，于是我就不再计较得失，它也永远不勾着我。**风光和我怎么看有关，太多的人有太多的风光永远看不到。**

他们互相静默，若有所思，我也就开始胡思乱想……

旅行的意义是旅行本身，无非是说旅行的意义是旅行本身没有意义。

我们总是把人生描绘成一场旅行，那这个旅程本身也没有意义。我们追求生命的风景，却点到即止、人云亦云。美丽的人生在别人的传说里，或是你炫耀给别人的照片里。我们逃避我们必须经历的，刻意去那些风景里美化自己，却不愿意去尊重这个风景和经历。

你喜欢参与到风景里，哪怕纯属是给旅者准备的风景。你被别人或是这个世界洗脑，说着同样的话、匆匆太匆匆地路过风景，你从来没打算成为风景里的自己，只会在意别人是否知道你曾经来过。你以为风景可以历遍，却发现最终你从来没有旅行过，只是在别人的嘴里、眼里旅行罢了。

你接受不了人生的不堪，因为风景在你心里，是没有缺憾的。**没有缺憾的经历自然不配拥有美丽，而缺憾和属于风光自己的东西才可能美丽。**旅行的你，了解了当下的自己，尊重正视了这个人生，或许人生的旅行才稍微有点记忆。

人生到底是由目的组成的，还是旅行组成的，还是仅仅是一场穿越？你战胜的是你必须战胜的，还是自己寻找到的对手？还是你以为战胜了什么，其实是被战胜了？

为了到达目的地，你准备良多、小心翼翼、信心满满，从身体到意志，你能保证成功，却永远保证不了不失败，然后就觉得成功本身也索然无味。人生是充满生命的未知，你以为它是冰冷冷的岩石或是大漠，你的旅行也就变成一场煎熬。就算到了目的地，你也无法说自己的人生就是鲜活的。

你不再自以为是，你就开始敬畏这个人生，也就敬畏自己。人生会一直等着你，只是看你愿不愿意等待自己。风光不再是炫耀，旅行不再是目的，那路上的细枝末节才是旅行的意义。

人生是生命的一部分，我们经常把目的地当作生命，把人生涂改成穿越。风光是我看到的，而不是我路过的。太多的人路过人生的风光，把生命当作一场旅行的目的地。

也或许，我们注定是生命的穿越者，只要我们能每一刻的旅行都浸润其内，尊重自己尊重这次旅行。

你在准备成功，准备好失败了吗？

体、性、心、和，可以自信不可偏执。

最后，老师问：你时时刻刻准备成功，你准备好失败了吗？

春节作为节日，早已经不是休憩的时光，充满盘点和渴寄。盘点大多数是为了疗伤，渴寄是为了哄骗自己还能继续为难下去。时间永远扮演着刻意的角色，只简单地因为，你在把记忆去遗忘、篡改、加强、加工、粉饰等等。

这个春节，值得唠叨的不多，雪中登了山，雪落霏迷，层林尽雪，寻到了雾凇，也听到雪落的寂静。再就是跟老师和师兄弟盘桓了几天，学了不少，说了不少。然后就被别人的经历教育了，被自己的思维惊醒了。

老师属于儒而致家、佛以成就的主儿。我们开玩笑他成精了，圆通得很，大家已然叫他“释圆通”。老师是个美丽充斥在生命里的人，起码他会让你感觉美丽的东西第一他不会错过，第二他一定会发现，第三他也找得到，第四一定会和你分享。

师弟是个努力的人，符合成功的人通常焦虑和偏执的特点，自卑和自信的综合体。崇尚一切可量化的美丽和成功，也认为一定可以量化。

我，明白“势”“气”“和”的诠释，也以此解读人生，却有点随波逐流，一点点禅、一点点密。人生通透到毫无意义，乐观的悲观主义者。

师弟的事业，阶段性的爆发，阶段性的矛盾。在几次的爆发之后，似乎被卡住了脖子，为之努力也好为之阑珊也罢，没有进步也不见什么退步。业务单元是此消彼长，部门繁复，责任不清，整体气氛在由正向转为负向。危机感在他这很清晰，但在团队似乎沉浸在崩塌前的尔虞我诈和幸灾乐祸里。

师弟想通过新的业务单元建立，其他行业介入的方式消弭这个隐患。但利用发展解决问题的方式，在企业规模变大后，这个屡试不爽的招数失灵了，甚至危及旧有业务模式和管理单元。企业生命周期的问题，似乎成了无解的问题。

业务模式和产品模式是遵循原则的，排他、可复制、利润链清晰、独创性、提供给市场的唯一性和先进性。

但在频繁变换管理模式后，从现场管理、过程管理、监督机制、项目组形式、事业部形式、资金及资源控制、学习型组织、激励机制等的尝试后，依旧回到原点，无所适从。

什么问题？如何办？

师弟的企业我算比较了解，我也在管理企业，于是我先嘚瑟了一把。

“别太高尚自己，你要成功，别人也需要，但在你的企业里每个人不是一样的。”

“你既不是贵族，也不是流氓。所以你既学不会对着流氓玩贵族，也没有学会对着贵族玩流氓。”

“你永远不看趋势，只看当下，只怀想曾经。你今天的失败或许就是因为你昨天的成功。”

“气和势、神和体都是两回事，势有度、气有数，神散则体衰。”

“分不清对错就试着拿规范说事；在没有足够的技巧时，千万别玩人。”

“你谁都不相信，只相信自己，其实等同于自己也不信任。猜疑别人无非两个因素：你不懂得如何制衡、你没有足够的信息来源。”

“人、财、物，流程或许交叉或许独立或许合体，你明白了多少呢？”

“犯错误如果永远归结于自己的性格，那这个性格或许一样可以让你成功，但你该如何了解你自己呢？”

“别太相信自己的努力，有时候你不努力团队做得更好。”

“你做企业，企业自己就是一个生命体。企业从建成那天起，就不是你的。只要你认为是你的，他就离死不远了。”

“和”是建立在规矩上的，要因势利导不能因利导势，人、财、物、气？

老师听的时候眯着眼，若无其事、心不在焉，对茶的态度比对这个事情的关注度似乎都要高。老师最让我佩服的是，他随时给你感觉他很正襟危坐却又从容舒适。说得简洁明快，层次清晰：

“一、企业的修行和你的修行有关，经验是让你经历和避免错误的，但指导不了你的未来，不能停止修行自己。

“二、慈悲不是用来容忍错误的，而是看到你必须看到的东西，然后信守你的诺言。

“三、不要见不得企业似乎在做无用功，可以看到的利益和看不到的利益决定你企业的运转。无用功维持企业运转。

“四、要做铁打的营盘流水的兵，不能铁打的兵流水的营盘，管理是个沉淀和坚持的事情，积累业务不等同于积累管理。

“五、弱小的时候可以赌，强大的时候只能八分力。可以没有做好准备的开始，但不能不随时自省。

“六、可以玩人，不能玩事。

“七、人性体现在两点：氛围、利益。要让别人感觉你在为他们的利益努力，而不是他们在为你的利益付出。”

体、性、心、和，老师说，可以自信不可偏执。

林林总总不一而足。

最后，老师问：**你时时刻刻准备成功，你准备好失败了吗?**

做一个生命的归来者

没谁的生命是用来前往的，人生的出发就是为了归来。

或许，这个世界的美丽，也被各类传说吓到了，你的人生也大抵如此。

是日，因着一些自我的纠结，去终南山叨扰隐士。

终南山在西安南边不远，从来都是隐者的圣地。千峰碧屏，深谷雅幽，四季幻美，山水相和。离自古帝王地的长安不远，于是一股脑的什么真隐、假隐、忽官忽隐、假隐求仕轮换登场，搞得颇为热闹。

这个师父是个修行人，虽没有皈依什么，倒是懂得无限的人情世故、智慧人生。偶尔探访总是能令我醍醐灌顶，于是常来。他也不烦，因为郁闷，于是也就放肆一把。

“师父，你抛家舍业来这归隐，在哪里说都是一种逃避吧，不担当如何修行呢？”

“我担当与否，是和我的生命相匹配的。我孝是因为我可以独立地活着，并努力不去不破坏这个世界；我爱会全心全意去爱，没有旁骛；我修行，是让自己明白，我不孤独，因为我和这个世界有可能融为一体。归隐本身是个归来，不是个前往哦！

“相反若你，所谓的修行，更多的是平衡，或是妥协；爱对你来讲要么是交易要么是受伤，你一直在算计和疗伤；跟这个世界的互动要么是逃避要么是战争，伤痕累累到不受伤你都觉得不真实；睥睨着你能睥睨的，却又谄媚你想讨好的；以孤独的名义，干着慰藉寂寞的事情；真相本身是信仰目的，但你却拿着信仰去妆扮人生……”

隐者闲逸，俗人自扰。师父说的是我，或许也是自诫。

……

想来，你把应该做的当作妥协的下场，把人生应该的秩序当作平衡的结果。永远，你被迫的“不得不”的事情比自己应该做的事情多，对工作人生的烦恼不是因为工作人生多么的难挨、厌烦、焦躁，而是你觉得你不得不这样生活、不得不这样地行进人生。你埋怨这个世界不给你选择的机会，但每一次选择你都交给这个世界决定。

你不去爱的时候，最大的理由是怕受伤，而不愿意承认你没有爱的能力。你把爱量化，只为了便于交易、算计，随时计较利润、随时止损。你把爱放到赌桌上，那你和对面的赌徒，失败的受伤血本无归，赢的人去下一场赌局等待受伤。而这个做局的世界很无辜地看着悲喜剧，却还受着赌徒们的谩骂和诅咒。

你把世界当作对手的时候，你注定伤痕累累。逃避本身不是一种病，只是受伤了的另外一种表达方式罢了，逃避世界连疗伤都算不上。重复的受伤让你抵抗力大涨、学会麻木自己还算将就，但真怕每一次的伤都恰到好处地避开上次的伤口。这个世界在你把它当作对手的时候，每一次都会精准地在最新、最脆弱的地方，给你最痛的伤。于是，不被这个世界残害，你都觉得这个人生不真实。

不是因为你爱了觉得自己孤独，不是因你进入这个世界你觉得自己孤独，只因为自己受伤了，所以你就给寂寞贴上“孤独”的标签，用来标榜自己的人生。于是，你将寂寞与孤独混为一谈。**寂寞是个吃货，还从不挑食，只要有口吃的就可以填饱，你也就会觉得不那么寂寞、不那么孤独。唯一的担心就是，寂寞容易肥胖，吃得只会越来越多。**而孤独，成了见不得光的东西，伤到痛不欲生时，却冒出来让你无语。

信仰是为了让你认识世界的真相，你却把它当作对付这个人生的面具、铠甲。拿着道家去睥睨众生、云淡风轻；拿着佛家去慈悲满宇、逃避人生；拿着儒家去经营生命、策划未来；拿着上帝去原谅自己、祈求宽恕；拿着无神论去安慰原谅、纵容自己，无缝对接随时变换。最后却落得个浑不论的伤痕累累、痛诉世界的残忍。

……

或许，**这个社会从来不曾残忍，除非你把它视作对手或是恋人。**世界不残酷、也没那么无情，只有你把世界视作敌人，或是以为它理所应当的该是什么样时，它自会让你伤痕累累。人生没有让你磨砺出纯真晶莹的坚实，那自然会收获不伦不类的创伤和疤痕。

没谁的生命是用来前往的，人生的出发就是为了归来。不必修行，也不需要那么多的苦难坠饰。你的痛，你的伤，无非是你欺骗自己后，得到了真相。想想你连自己都欺骗不了，就别妄图去欺骗世界了。这个世界很真实，你受的所有的伤，都是你想象的世界和真实世界的差距而已，差距越大伤得越深。

……

楼观台，在师父归隐的山下，西楼观的后边山谷里有个山洞，隐幽深邃。传说里面有条成精的白蛇，偶尔会从里面吐烟雾出来，成了当地一个值得观光和膜拜的地方。

我来的时候，因着雨，山洞呼吸般地往外喷着气。山洞口，红色的栅栏拦着，凉凉的风，大大的树，黑黑的洞不知所以。上供的香烛，被细蒙蒙的雨叨扰得摇曳明灭。突然觉得瘆得慌，蛮好的风景被传说吓到了。

或许，这个世界的美丽，也被各类传说吓到了，你的人生也大抵如此。

第五章

没走过的是路，走过的才是人生

走到今天，才懂得了昨天；经历孤独，才懂得了人生。

人生就是我们脚下的路，
是一连串生命的体验，
更是一次灵魂的远行！
我们路过迷惘，
路过失望，
路过欣喜，
路过淡然，
路过一切繁华消逝的时光！

与这个世界和平相处

茶淡，酒醒，七月的夜晚也是忙碌和溽热的。安静而充满力量或许永远是个梦想，但不妨碍自己和这个世界和平相处。

这个夏天，天蓝得不真实，云白得让人浮想联翩。空气很纯真、阳光不吝啬了，人们却慌不择路地躲避太阳的热情，很是虚伪。才入伏，人已经有点茶饭不思。

“春养肝，夏养心，秋养肺，冬养肾”，于是，唆着朋友去“观潮”——潮汕风味的私房菜。养心先须养眼、养鼻，“观潮”在南苑的洋房里，每次去都坐在露台上，夏天栏杆外面的合欢看着总是很舒服。阳光将将落下去，东边的云彩还在暧昧犹豫着颜色，合欢已经准备休息了。

评点菜式、细细风卷、一肚子乱七八糟之后，朋友也消停了他的养生哲学培训。朋友是个养生狂人，吃出境界的人，经常笑话我是把饭吃成屎的人，而他是把饭吃成能量、吃出生命的人，言下之意他胖得有道理。

因人少，央求着老板泡功夫茶，凤凰单枞，消酒。

一直觉得，**每个私房菜馆的背后都是故事，因为他们很知足、没有欲望，跟这个世界一直若即若离。**这个老板也不例外，老板一个人忙前忙后，这个馆子里外就他一个，一个普通而硬朗的男人。潮汕人在长安，充满问号也就充满故事，好奇之下多问了几句为什么。

倾听下来，这个世界对他还是蛮残忍的。出来闯荡跟着同族的叔辈，做建筑装修，一个阶段拼命得、富得让同族都惊讶，也没什么恶习。他认为，世界很丑陋，但只要远远地跑在世界前边，残忍与否与他无关。想让社会对自己脉脉含情，就要将世界跑赢。然后，似乎永远不会败的人，就败了，一败涂地。

当他明白悲伤或是懊悔，只会让自己更恐惧、更难于跟世界的残忍对视时，才懂得**这个世界的残忍无处不在，也或许你把它当作对手的时候，自然就充满战争。而学会和这个世界和平相处，也就与自己和平相处了。**

私房菜让他不再追逐自己的生命，忙时雇人，闲时自我打理。对食材和味道尊重而感恩，不再计较利润，懂得计较客人的评价。需要靠着创新和客人的认同、自己的风格，得到稳定的未来。欺骗和暴利，一定会让他死掉，他不能也不必和这个世界比拼计较算计的能力。他左右不了客人的往来，但能决定自己所做的，只要自己真的是在诚实地努力。

偶尔休假，朋友圈里发条信息，道个歉，大家也一致谅解和鼓励。**他不用假装很忙碌，用假装忙碌去掩饰自己其实没有什么别的可干；也不崇拜忙碌，崇拜忙碌了只会被这个世界伤得遍体鳞伤**，不再担心自己是否被世界超越，或是自己要超越这个人生。

如果重新来过，他能做的也只是继续学习和世界和平相处。**这个世界之所以让你一败涂地、遍体鳞伤，就是因为你想跑赢和欺骗这个世界。**你只对你的规模和利润在意，对你的成功在意，而那些真正能决定你能否活下去的就不是你，而是他人，而是这个世界。

云山雾罩后，我想——

当你把这个世界当作对手的时候，这个世界给你的一定是伤痕累累；当你摆出一副和世界抗争的模样，你收获的一定是慷慨就义；当你每日每夜每刻都审视你内心的创伤，都搞不懂该炫耀还是该悲痛的时候，你也注定被这个世界残忍对待。

跑赢世界和跑赢自己，都会让你和这个世界对立，和自己疏离。或许现在，你最大的恐惧，不是成为不了自己，而是你不能成就社会造就的、社会认同的自己。于是，你无穷地恐惧，没命地奔跑，不停地受伤。

也或许，**算计这个世界，世界会告诉你，其实你在算计你自己。**时间会轻描淡写地告诉你，没有谁能算计这个世界，算计世界永远是在算计自己。**快乐是一种状态，不是一种方式，当你觉得可以拿什么东西换取快乐的时候，其实已然失去快乐的能力。**

世界充满赌局，因为它知道你会拿你自己去做赌注。坐庄的，赌博的，其实都是你，这个世界其实从来都是旁观者。一点点的投机取巧，一点点的体力不支，都被世界拖出去暴打。世界本身没有设局，但你把世界当作游戏和对手，这样的游戏你甘之若饴，世界也乐于让你血本无归。**世界总是在你以为自己赢的时候输掉人生。**

茶淡，酒醒，七月的夜晚也是忙碌和溽热的。安静而充满力量或许永远是个梦想，但不妨碍自己和这个世界和平相处。

最有尊严地活着，是学会学习生活

真相本身不美丽，但接受真相的人会很美丽。而你，因为拒绝学习生活，却选择着没有尊严地活着。

前些天和一个“剩斗士”聊天，苦怨这个世界对她的不公平。执拗地认定这个世界很丑陋，越想保有自己，越被这个世界一点点地侵蚀剥落，然后无情地被遗忘。

“因为我是我，所以我一定要等到属于我的爱和人生，不妥协这个人生，也不讨好这个世界。”她的命题毫无瑕疵，也就无须驳斥，反之也就没有可能实现。

不想辩驳的时候，我给她讲了个故事——

孩子绘画班的旁边是一个形体班，等着接孩子，形体班下课了，形体班男孩子很少，所以一个妈妈在接男孩子时欢声笑语的，就多看了几眼。孩子喊渴喊饿，妈妈把水壶交给孩子牛饮，自己在包里拿出吃的，简单的馒头和小饭盒里的菜，两个人就着休息的排椅吃。间或有一搭没一搭地聊，孩子的眼睛明亮，妈妈低眉专注的温暖。

孩子似乎饿得不轻，狼吞虎咽，吃完给饭盒里倒了些水，喝得干干净净。妈妈把东西收拾好，在包里拿了一卷卫生纸，扯了些，细心地把残渣归拢到手心里。孩子替妈妈背了包，相携着走出去。

下次再见到的时候，留意看了看，妈妈穿度也就一个得体，淡淡的妆容，背着过时的大大的、没有形状的包，安静地坐着。看到我在注意她，眼神里有点疑惑和问询，直起腰稍微歪了一下头。

于是尴尬地坐到她旁边，指着绘画班说也是接孩子，客套后，问她为什么让男孩子学形体。

她想了想，大致说了一下。家里环境一般，都是老实人，外人看来是饿不死活不好的那种。也没那么多钱去培养孩子其他的，练武、跆拳道什么的，因为住的环境一般，害怕后边学坏。学习吧，还行，苦学或是随着大流学什么奥数奥语，反而难为孩子。也没什么天赋，家里钱也不宽裕。选来选去，觉得形体可以让孩子坐卧行走，仪态什么的有尊严，就学了。很从容地讲述。

说完她指指形体班，那边下课了，她站起来找孩子。

跟我有什么关系呢？“剩斗士”很茫然。

如何有尊严地活着？如何明白生活是学习的一部分？这个妈妈告诉你，保持自己的尊严，不完全是内心的事情，或许你要学习并坚持在自己的点点滴滴，小到行走坐卧，大到直起腰从容地正视这个世界。**这个世界是这个样子，也本来就是这个样子，但去学习如何面对这个世界，也就学习了如何面对自己的人生。**

在你还没有开始自己的人生时，你就选择对立这个生命、这个世界。你那么急着去界定自己，而不是认识这个世界，学习你的生命。唯一的理由，是世界没有按照你设计的方式存在？还是你既阅读不了自己，也阅读不了这个世界？

物质很重要，因为欲望总在那蠢蠢欲动，总是需要假模假样地安慰欲望；独立很重要，因为世界很大同和随时地制造潮流，你永远追赶不上。但这些不是你可以随便给人生寻找理由的借口，那些看似确凿无误可以说服自己的理由，旁观者却永远觉得可笑和牵强。当你所做的在你自己都知道是一种逃避时，你逃避你的生命，生命也就逃离你。

这个世界对你来讲，没有按照你的方式去存在，你就认为是残忍。这个世界在你眼里很丑陋，而你在世界的眼里也就很丑陋。你所谓的孑然独立，无非是你既成就不了自己，也不甘心或自己不能成就社会认可的自己。于是你似乎只能接受悲伤，或是恐惧世界。恐惧让你觉得世界丑陋，那想来，悲伤无非是逃避的一种方式，也同样是恐惧的一种表现形式而已。

当你决定你的人生就这样了，你的生活就如此了，看似你不讨好、不谄媚这个世界，但你选择对立这个世界。但你永远想不明白，**对立这个世界其实是另外一种卑躬屈膝。**学习如何得体地生活、得体的言行、得体的妆容、得体的习惯，在你看来是讨好这个世界，而不是与世界和平相处。

世界谈不上美丽，因为它总在阻碍你全心全意做自己。但它乐于你大度从容地正视它，也乐于让你仪态万方地摇曳。所谓的遍体鳞伤，最大可能也是你逃避自己应该做的、必须承受的后果，但就算这样，也不影响你今天可以更快乐些。

当你说你是你自己的时候，其实是想说你不想做你应该做的，你不想学你应该学习的。你痛诉社会的原因，不是这个人生怎么了，而是你学不会跟世界和平相处。你所以“剩”，只是因为你觉得你是“斗士”，而不是一个学习生命的人。

想想那个孩子，学习如何得体地存在着，站立着，行走着，挺拔而从容。这个世界对他来讲，所有的物质和欲望，都可以直着腰面对。当大度从容成为一种习惯，他就不需要坠饰什么、逃避什么、恐惧什么，因为本身自己就是充满光亮的生命。

真相本身不美丽，但接受真相的人会很美丽。而你，因为拒绝学习生活，却选择着没有尊严地活着。

世界无法抽象，却是一个分形学

把人生当作必需的旅程，一路上很多的旅人同路。他们的悲喜和遭遇，或许和你的相似，但你却必须经历你自己的人生。上帝总是喜欢游戏里的角色能尽可能的不一样，于是我们既可以学习这个世界的相似，却要经历自己人生与世界的不似。

人类为了证明自己聪明，皓首穷经地去研究上帝是个数学家或是玩几何的高手。数学被认为是最接近上帝的学问，要想了解上帝，可以和他平等对话，数学不好是没那个资格的。于是这辈子，我是没戏了，就热衷于码点字。

现代网络和信息都是由数字构成的，自然我们活在数字世界里。人原本为了简便，把世界归纳总结成数字和图形。但到了今天，谁也脱不了数学的叨扰，只是数学学会隐藏在无穷的信息背后罢了。连诺贝尔奖经济学奖动辄就发给数学家，最复杂的社会经济形态被数学模型推导，这个数学有点万能。

记得曾经参加过一个网络业的应聘，题目都是些无所谓正确答案与否的东西，然后据说有评分，然后可以分析人的职场特点。最后成绩出来还行，但我却拒绝了，可能是向来自己反对，把人与人的沟通，变成一场数字游戏吧。

或许是人类积攒的知识太多了，这个地球上的人也太多。人们既不愿承认，再多的人也就是个“人”字，又不愿一个个去研究，知识也太过繁杂，似乎还有无法控制的趋势，也懒得一个个区别对待。我们就祭出归纳总结的法器，尽可能地让最冷静的数学出现，去统治世界，统治大脑。

职场生涯设计、心理特征、性格特点、星座八字、易经塔罗、良辰吉日，换了个统计学的外衣和大数据分析，看似都无限正确，既兼顾了万物轮转，又关注了你个人特点。你不信都是跟自己的人生较劲，跟自己过不去；信了才能天下大同、其乐融融。于是要么自己被数字化，要么对面的人就是个数字载体，手里握着数学统计、各类工具，跟说明书似的。**要不是对面的人看着还有点温度，其实和智能手机差不了多少。**

人类基本是个醒时自戕、睡时装 × 的动物，我们一方面谈论着“天人合一”，希望和这个世界和平相处，一方面却努力“知行合一”，把世界归纳总结。而自从哥德尔靠逻辑、数学论证上帝存在，也不知道上帝是离我们更近还是更远了。至于帕斯卡赌注，纯属自利心态。倒是笛卡尔，数学家做久了，研究起哲学，论证上帝还是靠的老本行数学。

我们总是活在数字里，这个社会要管理你，自然把你抽象了最简单。我们也就顺理成章地把自己也数字化，为了便于把自己分门别类，便于适应社会也便于适应自己。吃饭要看数字化的搭配，睡觉要研究最优时间，锻炼要一个卡路里一个卡路里地计算，穿衣戴帽要看温度指数和潮流标准，朋友、情人要研究搭配八字匹配，孩子降生也要年代日月，财产要合计一个数字还要看社会比较，连电脑开个机都要知道速度和击败了多少百分比。我们用在关注数字，关注统计上的时间比我们自己活着的时间还多。

我们怯于把自己看成活生生的人，因为我们既搞不懂自己也不明白他人。但我们从来没感觉上帝是个数学、几何家，起码我们永远在自然界找不到那么严谨的几何图形和数字。要么上帝自己还在学习创造宇宙的游戏，要么就是个懂得享受、随时厌倦、聪明而懒惰的家伙，还需要人去自己研究和自以为是地领悟。

人嘛，总是希望寻找到人自己的相似，好让自己能依着规律去面对人生；却又希望自己是独一无二的，希望世界能单独对待自己，然后就落得个如老托说的："幸福的家庭都是相似的，但不幸的家庭各不相同。"落实到人生，别人总是很幸福地活着，自己永远很悲催。

人们恍然大悟，发现了分形几何学：世界是自相似的，看似不同，却在不同层次上相似。世界永远不是线性的，你可以统计，却不能定性。世界的奥秘，宇宙的本质，瞬间就开朗起来，唬没唬住上帝不知道，反正唬过了自己。活的、不活的事物、大的小的、相关的不相关的，彼此模仿，却又自顾自。

我们控诉世界的残忍和自己人生的无奈，无非是告诉自己，这个世界从来没给你任何可以快乐的信息，**任何人的幸福和快乐都无法借鉴。**世界却总是孜孜不倦地告诉你，可以如何美丽，可以如何学习，可以如何幸福，可以如何喜悦，可以如何行进你的人生。山水都是相似的，却带给你不同的快乐；大海和荒漠，也未必只给你荒芜寂寥；大自然也从来不吝啬给你演示生命的轮转是怎么样的。

世界不冷酷，总是表现在给你无穷多的例证和预言般的警示。当我们认为别人的悲伤不会降临在自己身上，无异于否定这个世界的相似。同样，幸福之所以成为奢望，只是因为你觉得自己压根就跟世界无关。我们总是希望果实是一天成熟的，快乐是不用付出的，悲伤一定是可以逃避的，成功是我博弈赚取的，失败是世界强加给你的。但世界这时候也就真没有耐心对你，你只能接受意料之外的失败，合情合理的快乐。

世界温情地告诉你，它是相似的，却是不同的；是可以联想对比的，我们虽未必需要统计和数字，却充满类似和可以复制。世界于是温暖起来，美丽看似相同，却永远有这一刻的魅力；人性总是相似的，却各有各的不同：你可以复制，但不能复刻，不管是快乐还是悲伤；你可以从孩子那学习爱，却需要变换一些去爱别人；悲伤来临的时候，也一定不是之前悲伤的模样……

当我们以为这一次学习了如何面对人生的难，下一次就可以安然度过，却发现看似一样却永远不同，我们总在收获相似的却永远不同的悲伤；我们以为可以把快乐重新来过，却发现自己再找不到当初的感觉，只要复刻就永远不再快乐。

上帝存在与否我懒得纠结，这个跟信仰无关，不管世界是否冷酷，却总是要必须面对。把人生当作必需的旅程，一路上很多的旅人同路，他们的悲喜和遭遇，或许和你的相似，但你却必须经历你自己的人生。上帝总是喜欢游戏里的角色能尽可能的不一样，于是我们既可以学习这个世界的相似，却要经历自己人生与世界的不似。

“一切有为法。如梦幻泡影。如露亦如电。应作如是观。”《金刚经》的偈子，大约也就这个意思。

失败是你选择不结束，放弃开始而已，成功是选择结束，选择开始

谁都躲不开自己的问题，问题产生永远和你愿不愿意无关。但问题本身就是答案，你逃避了问题，也就逃避了答案。捧着你的问题欣赏它，问题是一个结果，就选择结束；问题是一个原因，就选择开始。

菲利普放弃第三份offer后，到我这诉苦。

菲利普是他在外企十年里一直用的英文名，虽然换了几个职场。他也为了验证自己在社会的价值，一直在猎头挂着名号，跟个挂单的僧人似的，心思一直云游，不知道何时能得道成为哪个庙的住持。他也没事找找职业分析师，定期会给他新的建议和设计。

菲利普是很拼命的人，证书一大堆，在哪都是摇旗的主儿。要么在快速发展的企业，要么在快速发展的行业，他职场一直嗅觉灵敏，也总能在最恰当的时候切入，有危险的时候撤离。他秉承“优秀的人一贯优秀”的原则，于是辉煌有点无缝对接，也懒得创业，车换了一辆一辆，房子多的快可以一周七天轮换住不重样的地步。

但每次offer一多，他还是有点疑惑，总到我这来诉苦。我相信他不是炫耀，他真的蛮苦。

因为，他越成功，他越难于选择，老的地方已经不太好突破；新的地方，都不是能不能成功的问题，是他不能失败的问题。他曾

经说，他买房买车，还真不是炫耀，而是需要给自己在一个地方坚持下去的动力。有了这些有形的东西，他就必须暂时把成功和失败放一边，先赚到钱再说。

但后边，他却只想选择自己没有经历过的行业，他觉得在这个公司是掏掏掏，那个行业掏掏掏，自己被自己快榨干了，自己学习的动力在于给别人掏尽了，自己惶恐地不停去开始新的学习。

过去的经历越丰富，今天看来却越相似，自然也越苍白。自己就像被未来追着跑，原先以为过去的成功起码让自己看来很厚实，却发现真到了当下，过去单薄得可以，未来又马上要来，而且还是必须成功的未来。offer少点还行，因为过去的成功，offer越来越多，自己反而越恐惧。

于是我劝他，要么他无视offer，先辞职再说，要么就自己创业。

我给他讲，我职场两次的离开，怎么都算得上两次失败。第一次，算彻头彻尾的失败，因为步点不对，在企业最后的改制中，自己爬不到可以分一杯羹的位置，灰溜溜的，然后就辞了。

那时候照理说最好的选择肯定是本行业，人脉和行业认同都不错，因为走得急，反倒是不想回头了。游游荡荡磨叽了几个月，要不是感觉家人和朋友已经开始小心翼翼地和你讲话，把担心埋在看似不担心的表情下，我估计还会继续晃荡。然后，入了一个跟原先压根一点相同点都没有的行业。

因为是新行业，自己也算卖力，拿着之前行业较为规范的东西，再掺杂点自己学的知识，也算风生水起。而且把做人和做事没有分得那么清，也算证真了自己的一些管理想法、营销理念什么的，证明管理这个东西基本脉络相似，但却要因地制宜，营销这东西，万变不离其宗。学习人性，利用人性，却不玩弄人性，也就还算相得益彰。

然后就自然而然地出现问题了，民营企业说好听是格局问题，说难听就是结果出现之后，还是需要一点过程。当时自己也是能力不够，以为给你结果就是最有力的过程、最理所应当的原因，但追根溯源的时候，总是有亵渎权威和不理解的管理。然后，就纠结起来。

我倒是赌了口气，我静待看是谁在犯错。**美好的结果不能证明，那就等待错误的结果来证明曾经的正确。**哩哩啦啦两年多，然后差不多的人都晓得什么是对的什么是错的了。但还没等我洋洋得意，就发现，又能如何？**如果现在证明曾经是对的，那这两年我在干什么，如果依靠错误才能证明正确，那当初的正确也是权宜之计吧。**且不论外部环境，内里的气氛和人员，基本也都疲态尽显，其实对不对已经不是问题，是活不活得下去的事儿了。

其实两年间，我也买了房，还拿着这个理由和其他人解释自己的倦怠和无奈。直到一天一个朋友说，你买房也是为了增加点自己对未来的恐惧，让自己可以继续待下去而已。两年里，你最大的理由是证明别人是错的，证明自己这么死扛着是对的，其实无非是你还想继续成功，不愿意失败罢了。而你最终失败的时候，一定是选择不结束，畏惧开始罢了。

然后我就辞职了，手头连offer都没有。然后我感谢朋友给我的顿悟，他倒是说，其实我说的，你早明白，你找我问这事也是给自己找个机会，可以决定而已。

今天的失败是因为昨天的成功，这话我很早就大肆宣扬，多是些故步自封、过度管理、学习停滞、不再变化造成的。但今天或许需要加上一句，**今天延续成功是为未来更大的失败添砖加瓦**，延续今天的成功，却催生出明天更大的失败？

人从来就是个擅长恐惧的动物，穷其一生，都在寻找消除恐惧的招数。人其实蛮容易满足的，人生快乐与否无所谓，只要让我不太恐惧人生就行。**未来不是我想的模样我恐惧，是我想象的模样却又**

宿命般的恐惧。我们不仅因为未知让我们恐惧，也同样因为昨天的已知、当下的拥有，让我们更恐惧。

据说，人永远是怕失去比得不到更让人心烦意乱。但偶尔我们就一直地在努力失去，只是为了让自己得不到，你越努力地证明自己是对的，你越在失去本该属于你的。我们等待爱情结束，等待成功继续，等待世界的改变，等待证明自己是正确的……却不愿让不能持续的爱情结束，让已经的成功成为历史，让自己先于世界改变，让自己在下一次的开始里证明自己的正确……永远抱着这个世界鄙视失败的想法，去继续那些看似的成功。

我们寻找太多必须坚持成功的理由，最后一刻却发现失败在所难免。我们甚至因为恐惧结束这场成功，给自己增添终结成功更大的成本。我们寻找问题，然后询问问题是谁的，而不是如何解决它们，然后用恐惧去逃避问题，用恐惧代替恐惧本身。

或许人生不纠结是否成功，而是选择该结束的时候结束，起码现在的成功还是一个结果，否则早晚成功都会变成失败。我们看似害怕失败，其实是怯于选择新的开始，我们看似维系成功，无非是我们迎接不了失败。

谁都躲不开自己的问题，问题产生永远和你愿不愿意无关，但问题本身就是答案，你逃避了问题，也就逃避了答案。捧着你的问题欣赏它，问题是一个结果，就选择结束；问题是一个原因，就选择开始。

菲利普一定会去创业，否则他的成功会压垮他。我一定会离开，两年对谁来讲都不是短日子。

做自己人生的摄影师
（越接近真相，你越必须面对自己）

数字时代，天下大同，人们之所以还敢于拍照，遑论自信，大多是因为可以随时删除吧。或者是美颜、美图系列，加工的幻化美丽，却心知肚明不是自己。怕只怕，风景不错，只有你碍眼，移除了你，似乎更美丽。

朋友是摄影师，我开玩笑说他早晚失业，单反横行和软件助力，虽或毁了别人的一生，却也能毁了他的职业。他笑笑说，没有那么多会取景的和自信的人。只靠这两点，他还是能活到该活能活的时候。

“考察一个人的审美和自信，最简单的方法看他 / 她拍照摆的姿势，以及给别人拍照选取的角度，取景框里的风景。

“自信的人总是和环境很和谐，融入而又成为焦点，不会手足无措，美丽着自己的美丽。而手足无措的是大多数，老话说，照相勾魂，很多人在照片里不单纯是魂被勾了成木偶了，甚而僵尸般的空洞眼神，扭曲的身姿，与周遭格格不入。

“而给别人拍照，除了闺蜜毁人不倦之外，没谁不想拍好。但虚实结合、黄金分割、前后景深、留天留地、视觉焦点什么的，太专业了显得呆板，不专业了取景框里永远和自己看到和想象的不一样。”

推事及人，人生无非也是个如何自信面对自己和取景框里风景的事。

没谁不愿意展现自己的美丽，也没谁不美丽。但真的到了需要拍照的时候，因为是要给别人看，或是要真正看到自己了，却连最起码的从容淡定都没了。目的性颤抖，越想展示自己，越表露自己的丑陋和局促。还是，越接近真相，发现越需要面对的其实不是别的，反而是面对自己？

畏惧自己和恐惧人生，充满欲望却又随时意兴阑珊，是这个世界的主题。想来无非是，“我没有想象的好、世界比我想象的坏”的另类解读罢了。因为我们与想象的自己不同，所以面对镜头，我们总是扭捏到支离破碎和扭曲，追求那个幻想里的自己；因为总觉得世界很坏，真需要与它和谐共处的时候，不是觉得背景不错自己多余，就是自己不错，背景不够好。

我们一直以为自己和周遭格格不入，却不明白，你要美丽总是需要和周遭和平相处。冲突和反差或许会带来视觉冲击，但依旧需要小心翼翼地设计场景。谁都设计不了人生，最多是个经历，因为你设计的结果和现实总是似是而非。

人总是希望自己本身就是一道风景，连做到风景里的风景都腻腻歪歪。结果却是不仅自己成不了风景，连好端端的风景都被你糟蹋了。而那些和周遭共鸣的，又自身可以熠熠生辉的，总还有可能在人生的段落里美丽几次。

至于如何取景，我们总是以为自己了解自己的世界，但我们的取景框却总是那么没有美感。同样的风景，别人总是看到自己看不到的美丽，自己总是觉得美丽无迹可寻。越努力发现美丽，越发现世界比我想象的更丑陋。

成功的人睥睨俯视这个世界，于是世界变得平面二维，没有起伏嵯峨；失败的人跪拜仰视这个世界，总觉得人生高不可攀，大而化之地欣赏气势，失却了细节的美感；细致的人，细枝末节的问题都捧着研究，觉得不完美；更多认命的人，草草了之。这个世界就是这样，懒得换个视角，美不美与我何干？

人是个依赖视觉的动物，或许自从人类有了谎言，人就更相信自己的眼睛。但你却不愿意试着变换一下看待世界的角度，我们擅长笃定地认为世界应该是什么样的，却从来不愿意相信世界本身是什么样的，更不愿意让自己看到世界是什么样的。

审美总是个敏锐和需要经历的事情，你觉得不美的一定丑陋，你不愿意了解的一定不美。**没有谁的敏锐是与生俱来的，人生的美丽多多少少也是自己发现来的。**别告诉我你发现不了美丽，无非是懒到不愿意换个角度多做几次尝试罢了。

我们总是想标注生活，于是四处留影纪念。我们是最烂的人生模特儿，我们既不会展现自己的自然美丽，又学不会心目中的各类pose，永远与人生和世界错愕。我们是最蹩脚的人生摄影师，既发现不了美丽是如何存在的，也不知道美丽该如何搭配。我们既不专业也不职业，却埋怨这个世界不美丽，自己不是自己想要的模样。

自然是美丽的，自然也是你的朋友，前提是你需要朋友。当你失去了与自然面对面交流的能力，也就失去了与世界、与美丽面对面交流的能力，也就失去了倾听自己、阅读自己、认识自己的能力。及至你的人生和这个世界，大抵也如此。

数字时代，天下大同，人们之所以还敢于拍照，遑论自信，大多是因为可以随时删除吧。或者是美颜、美图，加工的幻化美丽，却心知肚明不是自己。怕只怕，风景不错，只有你碍眼，移除了你，似乎更美丽。

可惜这个人生、这个世界，美丽与否，取景框里的人生，都是祭奠，很难幻化，注定留下痕迹。

这个人生谁都不能替你旅行

网上晒人生，最令人痛恨的行为，排在首位的是“晒旅行”，道理很简单，你去了我不能去，你旅行呢我在这蝇营狗苟地出苦力中，于是最值得内心咒怨。这或许就是旅行本身的意义，没人可以替代自己，因为你在旅行所以值得羡忌。

前些天，故宫、克里姆林宫都推出了网上3D，轻触鼠标，细枝末节都可以欣赏，恍若亲临。互联网可以让你跟世界任何一个点无缝对接，毫无延迟，那些渴望探索世界细节的人，坐在电脑前就可以替代旅行。

偶尔追溯一下自己年轻时候少有的浪漫，有那么一次就是站在涨潮的海边，举着手机让手机那端的人，倾听海的声音。热切地渴望他/她，感受海的亲切，似乎他/她能身临其境。忘了对方是谁了，也忘了有否感应，只是记忆里多了些举着手机随着海浪的蹦蹦跳跳，椰林夕阳，晚霞一抹。

倒是前几天登山，因为累了，跟朋友说，你到山顶替我感受一下，拍几张照片，权当我上去了，我不想上了。朋友蛮严肃地说，谁能替代你的旅行啊，没人替着你累，也一样没人替你去感受山顶的风光。

那我们值不值得苦着自己的苦，去看那些说不定也不算美丽的风光？

人类最大的悲哀，或许是经验不可传递。于是犯着一样曾经千百遍的错误，还傻呵呵地快乐，悲伤地纠结，不停地轮回，这或许是上帝最大的阴谋和恶意吧。现今时代，人们聪明多了，寻找捷径登顶，连成功都是有方程式、有流程的。照着这个架势下去，上帝要么灭了人类，要么人类成为神。

可惜，**人生要是一场旅行，那总有到不了的地方，总有选择的机会或是被选择走的路。**按着别人教导的路走吧，总感觉是被束缚和制约，总觉得自己还可以更好更自由；不按别人走的路吧，要么磕磕绊绊彻底没有方向和依靠，要么就有点太苦太可怜。于是很可惜，到如今，还是谁的人生谁自己过。

人生的可悲，总有那么多想去却不能去的地方，总因为选择而让自己追悔莫及，总有那么多的曾经让自己恨不得擦掉重来。更可悲的，是本来能到的地方风光无限，被“黑导游”忽悠到人造的风景，捶胸顿足。自己选路吧，怕后悔，真让别人选了，又觉得自己成了行尸走肉更不甘心。看似有人可埋怨了，最后发现谁都怨不得，还得自己走。百转千回，辗转反侧，沉沦纠结，喜忧难计，却还是发现这个人生谁都不能替你旅行。

人生最不缺乏的就是导师或是自以为是导师的人，无论你是牙牙学语还是青春热血，或者成熟稳健，甚而垂垂老矣，太多的人依着他们的眼界和经历，告诉你世界是什么样的，你应该如何度过。于是你收获无穷多的世界，不知所措，没有始终。

在他们的眼里，世界对你来讲，无所谓好坏，只剩下是否应该。一半是爱你，一半是希望控制设计你；一半是希望你快乐，一半是让你避于伤害；一半是为你设计捷径，一半是炫耀他自己的曾经；一半是为你成长剪枝，一半是咀嚼他们曾经的伤痛；一半是让你了解因果，一半是他们对结果自己都怀疑……

人生在世界的眼睛里，似乎很二元对立，你要快乐就不能悲伤，你要成功就要遵循仪轨，你要不受伤害就要远离未知，你要成长就必须经历成功者曾经经历的，你要存活就不要计较存在，人生就是一个结果而不是一种原因……

于是，人生看似不能被替代，世界却让你活一个别人的人生，偶尔你也很情愿、很享受。按理说，就算是旅行社设计的事无巨细、分秒必较的行程，也不影响你以你的视角看风景。现如今，却成了行程已定、画面视角由着他人、旁白和解说词都跟你无关、心情记忆都要学会复刻，这个人生的旅行近似行尸走肉、僵尸游走。

欲望时代，总缺少石破天惊的人生。**潮流社会，每一个人，看似都差不多，却又努力显得与众不同。**与世界同步，才能保证不被抛弃，却又需要小心翼翼的特立独行，才能被同路的人关注。**越是提供生命尽量多的可能，人们越是选择把自己归类，寻找归属。**

信息时代的信息从来不是邪教，但你会选择心甘情愿被洗脑，人生的旅行越来越像一场角色扮演（cosplay）。不管你是想与众不同还是想展现自我，因为你关注的，不是你自己人生的旅行而是别人可能的旅行方式，无意的相同或是刻意的不相同，其实结果类似。

那如果是自己的旅行，这个人生又该如何去行进？

遵从自己的内心？从心不是“怂”吗？不是有点“惊”和“悚”的意思，就有点怂恿的不怀好意，或是有点畏惧胆怯世界的难堪。其实人生的旅行无非是改变和经历，可以坚持坚守所做的，却不能固化自己，随时需要警醒的无非是自己是否已经把自己的人生旅行变成了鬼打墙，相似的人生一遍遍地重复走。

据说人是否觉得幸福，总是不由自主地盖棺论定。梳理过往，临近这几年的感觉才决定了当下觉得是否幸福快乐。那你就该明白，其实之前的伤痛和坎坷，可以咀嚼但不影响你的现在，如果最近的幸福感决定你当下的，那只需要现在让自己的人生旅程丰富些，没事少挖掘自己过往的悲伤，或是给自己的坎坷记忆添砖加瓦、添油加醋。

你的世界注定是你的经历和视角决定的，偶尔记忆跳出来捣乱罢了。任何人的视角都可以借鉴，但你永远无法经历别人的曾经，所以你也没必要渴望或被迫接受别人提供的捷径。**模仿谁都不会让你像别人，只会让你更不像自己。**你可以以世界的眼光去看待得失，但不能以别人的眼光决定自己的未来。

畏惧坎坷和放弃快乐基本属于同义词，恐惧无非是觉得未来自己不能承受或是跟自己的想象不一样。快乐不可能如期所至，没有超乎你想象的东西，最多是接受和平心静气，如何有快乐的感觉？**快乐是经历来的、发现来的，不是逃避来的。你总庆幸自己没有遇到悲伤，其实无非是说自己也无权多一些快乐。**

旅行久长、人生漫漫，因为你总是不能和别人融合，倒不是世界不接受你的独立，而是你总是觉得和别人不同，总是觉得一直跋涉在争取与别人相同或是立志于别人不同的旅途中。于是，八成你会患上“广场恐惧症”，基本和自暴自弃差不多，既达不到又回不去，却忘了人生的旅行是向着前走，而不是审视自己和周边的人有何不同和相同。

人生总不是实验室，却干着实验室的活儿。你没必要成为小白鼠，于是你的人生总是需要你自己经历。**验证自己而不是验证别人，享受自己而不是被别人享受，选择自己而不是被别人选择。**只有尝试得更多，你才会在最需要选择的时候依凭自己的内心决定；只有自己更多的实验人生，才能知道舍弃的是你该舍弃的，存留的是你必须存留的。

爱可以教育，却不能代替，这是人生最让人纠结的吧。将就着复刻别人的人生，或是让谁达济天下地替我人生去旅行，都还可以忍受，连仇恨都可以人云亦云让别人帮着承担。偏偏这个爱，谁都替代不了你，爱是个连自己都恍惚的事情，如何让别人替你经历？下决心不爱也罢，却连人生旅行是否需要都开始含糊。没有人替你去爱，你也就没可能让别人替代自己的人生去旅行。

旅行本身充满意义和你想收获的结果，却发现要么是为了逃避现在，要么总是和自己想象的不同。而旅行的快乐，都在于发现和惊喜。据说网上晒人生，排在首位最令人痛恨的就是“晒旅行”，道理很简单，你去了我不能去，你旅行呢我在这蝇营狗苟的出苦力中，于是最值得内心咒怨。这或许就是旅行本身的意义，没人可以替代自己，因为你在旅行所以值得羡忌。

人生的旅行本身没有意义，因为开始得不知起始，结束得不知所终，但不管你愿不愿意活着，这个人生谁都不能替你旅行。

你只会被物质拥有，不会拥有物质

我们像一只秋天拼命储藏的松鼠，幻想着能在冬天不再饥寒交迫，却在冬天寻找不到自己曾经囤积的食物。

曾经，朋友三亚的房子交房了，陪着去收房。

三亚湾一座酒店背后的高层空墅，落地窗，海在眼前，涛声隐约。空荡荡的房子，整洁却没有人气。或许是刚装修完，味道清晰却清冷。开了窗，海的味道扑进来，温暖而亲切。

为了庆祝，朋友开了红酒，就着海风品。他一件件给我指点家里的摆设，叙述邂逅的故事和拥有的初衷。朋友怎么算，都是有品位的人，他总是能有无穷多的故事在物件里，他也总能发现那些物件最适合的地方，也最能以欣赏的态度面对那些值得欣赏的东西。

在他的眼里，物件本身是没有生命的，因为你欣赏它给了它最大展现自己的机会，它们才拥有生命。这些东西随着时间、随着你的亲近，有些有变化，有些却永远不变。但你会感觉你赋予它们生命了，你也就和它们融为一体了，那它们的故事也就是你的故事，你的故事也就是它们的故事。

任何有收藏癖的人，都让人无语。好好的红酒，被各类故事掺杂，不明所以的味道。我问他，你和这些物件融为一体了，那这些物件没了或是你和这些物件不在一起了，你就不存在了？你总是收藏一些新的，舍弃一些老的，不管是喜新厌旧还是品位提升、兴趣转移，你就把你的过去舍了？

“活在当下你懂不懂，标志你现在存在的是你现在拥有的，而不是你经历的。咱都别说这些看着没用的物件，有本事你把你生活里的头衔、圈子、钱物都去掉，你又可能是什么呢？连白纸一张都不是，白纸一张还能画画呢，你最多是个抹布，还脏得不行，干不了什么也做不成什么。”

要如哲人讲，愤怒来自于惶恐，那我就努力保持安静。其实我比他或许更惶恐，他起码在努力让自己享受自己，我却在拥有物质和自我之间装模作样地质疑和迟疑。

过去总是纠结人的孤独，以为只有满满的孤独感才有存在感，孤独才是自我存在的证明。但到底是因为孤独才满世界寻找拥有什么，还是越拥有什么你越孤独？是你的经历决定你是什么样的人，还是现在拥有的才决定你是什么样的人？是你未来的方向决定你的现在，还是现在的自己才决定自己能去哪里？

物质是欲望的满足，还是恐惧自己的不安全感才选择攫取？总以为物质是用来满足欲望的，忙活来忙活去，最后发现是为了证明自己存在的。**我们像一只秋天拼命储藏的松鼠，幻想着能在冬天不再饥寒交迫，却在冬天寻找不到自己曾经囤积的食物。**你拥有的，你以为因为你的存在，它们才有价值，其实你在不在，它们都在。

世界总是让你觉得今天来之不易，明天充满危险。你像一个老司机，你只能炫耀过去没有出过事故，但永远不敢说未来如何，除非你决定你再不开车。也如汽车收藏者，你永远只能开一辆车，但值得炫耀的不是你可以随时换车开，而是收藏了多少辆。于是，人要么把经历锻炼成当下的能力，要么关注你现在这一刻能否与你驾驶的车合二为一，也只能如此。

我们历数我们生活的幸福或不幸福，不消两句话，一定和你的房子、位置、车子、票子有关。你永远因为拥有的感觉不幸福，因为对还没有拥有的充满欲望。我们以为填满了欲望，恐惧就会离去；充满了物质，我们就可以挤走不安。但真得到了，却又被新的欲望搞得意兴阑珊，对现实索然无味。

缺乏安全的人买房子，真等到买了新居住了，却总觉得我还需要更大更好的，我才满意；喜欢旅行的人买车子，信誓旦旦的旅行永远有无穷的目的地，却从来没有出发；寻找幸福的去构建爱情、婚姻，却在爱来临的时候、婚姻到来的时候质疑不是自己想要的。**你装出一副幸福的样子，历数你拥有的而不是你经历的，你与你拥有的融为一体，来证真你的人生有多么的充实；却在另一时刻埋怨，你不幸福是因为你想拥有的现在还没有拥有。**

你在记忆里是寻找不到自我，只能看看周边有什么物件值得索引。你越来越像一个库房或是博物馆，决定你价值的是现在你的库房里存有什么东西、展厅里放什么展品，跟你过去存过什么，未来还可能存什么东西无关，而且还不是存储记忆或是经历，纯纯的是物件。

怕失去比得不到总让人更恐惧，人生总是希望不停地做加法，不想做减法。连流行的极简生活，反而对物质有更苛刻近乎变态的要求。但因为怕失去，你一方面紧紧抓住现在，像一个饿疯的人手里的馒头，却又在享受时，埋怨馒头不够好。

因为你拥有现在，所以无权迎接未来？记忆永远不能清零，生活却未必。说句最矫情的话，人生的经历和拥有的物件，你总得选一样才能上路，背的东西越多，未来你能拥有的越少。**你以为拥有物质了，其实是被物质拥有，不是我们放不下物质，是你已经没了自己，只能为了证明自己而去攫取更多的物质。**

你曾经拥有的，以为不能舍弃的，在新的欲望来临时你弃如敝屣；你现在拥有的，应该标志你存在的，却因为你拥有，你视如鸡肋；对未来，你充满占有的欲望和必须舍弃现在造成的恐惧。**你总该因为有更好的未来，才选择努力在当下；总不能因为拥有现在，所以拒绝未来。**

谁都改变不了生活，因为生活永远不是你一个人的生活，但人总是能改变人生的。不管曾经多么的肤浅或是有品位，多么的身无长物或是拥有多多，多么的无欲无求或是欲望满满，多么的正视现在或是梦想未来，你能舍弃的才是你能拥有的。

朋友的房子，在大约要降价时，卖了。原先说好的度假基地，也被各类宾馆代替了。我问他，赚了还是赔了，他说算不清。我逗着问他，那些代表你品位、充满故事的东西呢？他说，留了几件，剩下的跟那个房子搭配，留在自己手头也没用，打包给买房子的了。

朋友依然享受着自己，买房上瘾到开始国外了。他还会给我讲故事，和那些优雅物件的故事，我也喜欢听，虽然东西或房子我也看不到。

第六章　幸福源于简单的信仰

幸福不仅是一种能力；
幸福也是一份与生俱来的使命！

当你的才华配不上野心时，
请静下心来，
让信仰给你勇往直前的力量。
前途渺茫、生活乐趣少，
你需要打造一个坚定的信仰！

拜佛与大智慧

孩子很认真地给我说：“我觉得佛祖在人们犯错以后，应该告诉他们做错了，让他们改正，教他们什么是对的。如果不改，再下地狱吧！”

是为大智慧。

一庙，小、隐、独，临水临山，山水之间， 推门而入，绕过影壁，锅碗瓢盆、灶台等等，玉米与辣子串悬在檐下。有老婆婆从侧间出来，问“拜拜？”。“拜拜！”，简洁而理所应当而自然。

掀帘而入，有佛像，在正面的屋里。法相慈悲，虽不金碧辉煌，法器却一应俱全。没有佛音隐约，香雾缭绕，倒是佛的本来。“佛无陋法”嘛，此点倒不是每个人了解。

忽而有捐些善款的冲动，于是叫孩子拜拜，我也捐些善款，顺便上香。一拜一敲，儿子很是标准地叩拜，圣洁而宁静的气息，光芒四射，心无旁骛。倒是老婆婆照着理敲罄，嘴里念叨孩子聪明些、优秀些、健康些、漂亮些的话，很应景与讨好。临出门，老婆婆拿个供果，是苹果，说孩子漂亮，拿回去吃。属于对孩子很自然的欣赏和喜欢吧，孩子识趣地说了谢谢。

供果嘛，据说很好，也应该很好，一种快乐与祝福的寄托。忽而就好奇地问他：“许了什么愿啊”“没有啊”“那你拜什么呢”“就是拜拜啊”，他开始不耐烦了，怕是不明白干吗要许愿，很多此一举的意思，拿着苹果走开了。

刹那觉得，常与人论禅，矫情很多，言语机锋，佛经万千，倒不如“就是拜拜啊”一句得了佛法本来。

逢庙必拜，现在很多人在做。无非是求个心灵安稳，加上些不知所以然的祈愿。也可以理解，毕竟太多的人被社会和自己折腾得遍体鳞伤，疲倦之极，无助而渺茫空落。没谁喜欢这个状态，有人拉一把总是好的，哪怕只是个心愿、一个泥木佛像。

颇大的禅寺庙宇，香火极盛，熙熙攘攘，祈愿与还愿的摩肩接踵、鳞次栉比。如能了了心愿，也必会虔诚还愿。那个感觉就好多了，幸福的、满足的、虔诚的、强壮而脆弱的、执着的、没有私心杂念的样子、自我而谦卑的样子……

但总想问个问题，还愿是愿成了，如果愿不成了，还要还吗？你的那个愿应该许吗？还是，仅仅只是告诉自己那些，自己内心渴望的东西呢？

“禅在当下，未见佛来”。拜就是拜，拜佛其实是拜己。默许万千心愿，偷着念叨，希冀佛倾听、认可、慈悲、救赎，但你曾说与你自己听吗？你听了吗？自己都没有听到，等着别人救赎，你相信自己吗？在默默许愿的时候，你的身心是否愿意接受你的愿望，并为之努力，并在可能的每一刻默念心愿呢？按着佛家讲，许愿可求平安、求康健、求爱情、求学业、求事业，不得求官不得求财。为什么，因为那些只要你努力可以做到，官财不是你努力就有。而善男信女们，自己都说服不了自己，等着别人为你们努力，神鬼灵佛，怕也是懒得理会你吧。

“众生求佛，佛求谁？”——佛本求众生。佛是佛，己是己，度人与被度都是功业，都是善根。抛不下、解不开，谁也救不了；都抛下都解开，又何必再求？

“佛未见，无经无论，如水行道观本来”。**佛在佛处，我在我处，佛有佛心，我有我心，到得此山拜此佛罢了。**“提酒寻友不得见，且将小酌对南山”，此山即我友，此酒即我友，哪来的拜与不拜？言之末法时代，念个“阿弥陀佛”最为稳重。拜山无数，偏不清修内心，拜也枉然。见佛是拜，拜己也是拜。

想想，最好的许愿是什么？记得清明或鬼节，祭奠先人烧纸寄情，说得最多的是什么？“在地下放心，过好，给你烧些钱物，需要什么打招呼，有空回来看看。我们会好好的，不用惦记。”是不是，许愿也应该这样。捐善款也应该这样，“佛、菩萨，你们生活好些，快乐些，我也会努力的，有空多为我照应些。” 多好，多合适，多应该。自己快乐才可以给别人快乐，别人才可以给你快乐。以为自己没有翅膀，你就永远没有可能飞翔；若你开始飞翔，只因你拥有属于自己的翅膀。佛常在，你不常在而已。

没有信仰的人可悲，信仰寄托在别人的救助上更可悲。信佛不信教，佛在因我在。许愿未成之人，你们还愿吗？还是因为失去信任，就不还，只会再找个灵验的继续膜拜？什么时候能明白“就是拜拜啊”。许愿说给自己听，还愿不因愿望是否达成。这或许就是，满宇慈悲，佛我皆喜！

何为大智慧——

带着孩子去兴善寺，密宗祖庭。

有地藏菩萨殿，内里有地狱轮回的雕塑，审判与酷刑，遗忘与投生，有着密宗常用的悲智双运、定慧双修的意思。惨烈而恐怖，小儿不懂，问询妈妈，妈妈大致讲解，关键说到生时有恶，死堕地狱，也是劝善教导之意，孩子自是有点懵懂。

及至出殿，孩子很认真地给我说：**“我觉得佛祖在人们犯错以后，应该告诉他们做错了，让他们改正，教他们什么是对的。如果不改，再下地狱吧！”**

是为大智慧。

放不下和舍不得

止思，不是面对当下“止”，而是面对未来“止”，面对过去“止”。谁的江湖，都是一个人的江湖，所谓的血雨腥风、敌死我活，说到底还是自己的事情。人在江湖，江湖就是自己。

秋深冬初，来不及盘点一年的收益，就开始担心寒冷是不是扛得住。银杏的金黄刚刚在蓝天白云里恣意耀眼，雪就凑了热闹，有些梦幻般的静默。

那天见到一句话：“等你不停地描述你曾经的辉煌，只能说明你老了。”老话说，好汉不提当年勇。大致说人到晚年，自然唠叨的都是曾经。但这句话却直愣愣地说到中年——或许到了中年还学不会静默淡然，要么是现如今活得不怎么顺遂，要么就是不知道后续怎么活了。

有个朋友，顺水顺风的那几年，阅尽江湖事，闯过最险滩。在我看来，经历的传奇，一半是确实存在，一半疑似自己的涂绘。这两年，大形势不好，又被自己人挖了坑，羽翼凋零，惨淡度日。据说清朝贵族落魄时，“爷”的架子是倒不掉的，人倒势不倒。这朋友依旧吆五喝六、五马长枪，喝了些酒，通常就开始受迫害妄想症，将自己的惨烈描绘得像个仁至义尽的大侠，筋疲力尽、内功耗尽、杀敌遍野，最终却被自己的人窥伺良久，背后中刀。我经常脑补他说的画面，该是古龙武侠最多的场景：

雪住，风止，冷到骨……

麻衣，素白，无尘，有血……

星星点点，皱眉，老了吗？

东方南，努力咽下胃里泛出来的血，原来血的口味和味道差异这么大，闻惯了血，都是对手的，这些年甚至有点喜欢那个味道了。

累，手里的刀，永远不沉，但觉得冷……

不能倒，咳一声，挺了腰杆，标枪般直。周遭尸体和伤者，都凝固着，这让他很满意，他们不敢动，因为自己还站着。

那些扭曲的姿势，充满莫名其妙的美感。

东方南，眯眼、抬头，远处一棵树，该有百年了？叶子掉光了，佝偻着在雪地里，黑黑的。

推倒它，热气又从脚底泛上来，他估算了一下，到那棵树三十九步半，当下功力，在二十七步，就可以掌劈了它，还能保证自己走回马前。

马能带自己回去，有老白汾、有丝被、有江南的女人，很香很柔软很温暖……

第七步，东方南觉得热量在流失，一把刀，在自己胸前看得到尖，是自己鬼谷庄的，因为是自己设计的样子，刀尖怪异的弧度，叫“诡计”，他起的名字。

东方南想怒吼转身，震断刀身再击碎喉咙，他保证用不了一秒。

“为什么？”他累了，问得自己都惊奇。

“你是庄主，你还要胜，我们累了……”

没有老白汾，没有江南美女，东方南不想这些了：“我也累了。”

他不想知道背后是谁，眯眼，那棵树还在那儿。

“下次我一定劈了它。”

……

脑补怡情，怕是成了自己人生的编剧，把自己的过往编辑得越好、虚幻得越真，最后编剧都成了悲剧。江湖很累，人很无情，人还要活下去，这或许才是人最大的问题。**放不下都是舍不得，舍不得都放不下。**

成功永远是个求因果的事情，人生却不得不学会“了因果”。想来朋友的辉煌是实打实的，失败却是虚幻的。**能叫辉煌的都是曾经或是未来，永远谈不上当下，所谓的成就感，也就是登顶瞬间的释然而已。**被人算计，唯一可说的，该是没有学会保护自己，或是用成功代替了活生生的人生。

有些人的斗志，来自于敌人，有些人的斗志，纯属来自于被迫害妄想。将世界放在自己的对立面，要么激发满满的激昂，要么就成了纯粹的失败者。心思里的愤懑和多思，**放不下过去，自然舍不得面对当下。舍不得面对当下，自然也没有未来。**成功的偶然与失败的必然比起来，总是看似闪亮，实际却不堪一击。我们都是乌合之众，于是辉煌害起人来，比失败还可怕。真正能认清自己的，都是失败；真正让自己失当的一定是辉煌；真正毁了一个人的，就是曾经辉煌如今落魄。

放不下的就背负上，舍不得的无非是不给当下机会。没有谁不愿意活在当下，只有不愿意面对当下而已。朋友无非是在该正规管理的时候，选择继续延续之前的创业精神；在该给予员工未来的时候，只有他一个人的未来。不是真朋友的当作朋友，真朋友却因为他的得意忘形远离他的喧嚣。

慈善有果，慈悲无因，真施舍不怕假乞丐。得不到怕是因为舍不得，放不下多少是因为现在没什么东西拿得起来。讲舍得的，都是放得下，和知道应该放下什么的；讲放下的，都是知道什么东西可以舍，什么东西可以得。不必因为对手或是曾经的辉煌，让今天的自己充满斗志、战斗到底。而是今天的自己面对当下，选择该选择的，践行该践行的，然后让自己有放得下的理由，去掉舍不得的想法。

止思，不是面对当下“止”，而是面对未来“止”，面对过去“止”。谁的江湖，都是一个人的江湖，所谓的血雨腥风、敌死我活，说到底还是自己的事情。人在江湖，江湖就是自己。

夏天放不下，秋天来不了，秋天舍不得，冬天也就让你感觉酷冷难当，毫无希望。

被修行的人生

生活从来不是修行，你的世界才是修行，你与世界的互动才是修行。被这个世界修行那叫被修理，被自己想当然的修行叫逃避。当下是从过去走来的当下，未来不是你今天思考出的未来，你面对的世界不会因为你的思考就变成你想的模样，但绝对会因为你的思考变得不那么美丽。

冬初在北方，总是绚烂而安静，除了白杨偶尔成片的金光灿灿，可以小得意地在蓝天炫耀，银杏总是主角般耀眼。如果寒风能凑个热闹，初雪时节，叶未尽残，满地的叶子被雪渲染，内心的欣喜总是满满的。

“生活就是一场修行”，既流行又鸡汤，谈不上人生的座右铭，却是很多人的口头禅。这句话好的地方在于，人生有了目标和结果，修行嘛自然是个目标宛然的东西，结果嘛自然求得内心安定平静。坏处不多却很致命，修行总让人觉得苦哈哈的，保不齐修行了一整儿，果没有修到，造出一堆的因缘机巧，修行成了孽障。

中国文化有个段子，缺了佛教语言或许都不会说话：“现在、实际、无常、净土、慈悲、相对、有缘、忏悔、修行、喜怒哀惧、执着、大千世界、在劫难逃、执迷不悟、恍然大悟……”想想这佛也厉害，潜移默化润物无声。修行是个顶顶重要的事情，至于如何修行反而显得不那么重要了。

修行为何，为当下？为未来？如今多为修得心安理得、心平气和，安静是对付这个不安世界的唯一法宝？七情六欲皆是灾乱，喜怒哀惧多为不该。苦修苦行僧咱做不来，但面沉如水生活死水微澜还是做得到的。极简生活、断舍离，似乎是生活禅平常禅的真谛。连“以道御内”的道教，到了真正流行时，就成了辟谷养生的勾当。

一位朋友，辟谷常客、冥想修行、穿越爬山、极简生活，修得个平静而安宁，没少在我这炫耀自己的宁静和平和。在外人看来，自然他很是修行得果，他也一副得道而睥睨众生的优越，芸芸众生碌碌纠结，跳得出来才是王道。“鱼是喂死的，花是浇死的，人是气死的”，他的口头禅，大致是说，你欲望太多自然被欲望湮没，你被照顾得太细早晚失了本性，人气人气死人安静才是真正的人生。

想想总是不错的，做起来也容易，减少点欲望，只需不看不听不想不说；减少生命里的不确定性，自然多了规律性的可控；朴质些自己的生活，不去照顾别人也不奢望别人照顾，生活不能太细，细节不能太究，这样的自己质朴和简单，与人无隙，自然安乐；人气无非是得不到与想当然，再加上些比较、幻想和后悔，那咱不比了不想了不幻想了，是不是落得个爽洁明了？

可惜生活永远是负责恶作剧的，年纪一大把，遇到心上人。有些人一辈子都没有恋爱过，哪怕是结了婚生了子，就像有人一辈子不会成熟一样。这山崩地裂的，情商归零，智商挫败，剩下的就是敏感。怕改变、怕被忽视、怕别人看不起，止思是做不到了，践行更是没了着落。人生从黑白水墨，期冀成为青山绿水，可画着画着成了后现代，颜料不知道什么货色，除了混乱就是混乱。

然后就发现，**人最大的本事不是解决事情，而是坐在那拿自己的逻辑解释因果。**中国人嘛，自从学习了因果两字，一辈子唯余求个因果，早忘了该消业去障了因果。可惜的是，自己的因果和事实无关，多生了烦恼，忍辱都没得法可除。这时候说得最多的，我都减少我的欲望了我就只求什么什么，我都不在乎别的就在乎她能不能多在意一些我多照顾一下我，我生气难道不说明爱她吗，别人我会生气吗？……不说怕安乐死了，看起来还是需要喂死、浇死、气死。

那你修行什么啊？

修行是因为不得不修行啊，是这个悲催世界必需的啊。

现在为什么不修行了啊？

这也是修行啊，再说修行是个人的事情，现在成了两个人两个世界了啊。

……

学佛修自己是小乘，学道求养身是邪道。修行成了无力面对世界的遮羞布，自然修得不伦不类、无语凝噎。一点点波澜，就把人生折腾得够呛。喜怒哀惧佛之本来，宁静相为的是朝拜和庄严，离佛之本来也远了。**真论到修行，喜怒哀惧该来则来，欲望该有则有，只不重新造业制障，就是大智慧。**因果不是为了求证的，而是用来了结的；时间是用来验证改变的，只是需要选择需要改变的和值得为之改变的，一成不变属于死亡。**看似宁静平和所谓的独自修行，苦是苦了，却敌不过世界一丝丝笑容，战胜得了邪恶的是武力，面对得了温柔的才是力量。**

生活从来不是修行，你的世界才是修行，你与世界的互动才是修行。**被这个世界修行那叫被修理，被自己想当然的修行叫逃避。**当下是从过去走来的当下，未来不是你今天思考出的未来，你面对的世界不会因为你的思考就变成你想的模样，但绝对会因为你的思考变得不那么美丽。

我每天上班的路，总要先从东到西，再折北，再向东。走得早了，冬天也来了，可以感觉到太阳一步步地从东边升起，哪怕是斜对着、背对着阳光。

鸡汤应无罪，饮者却自伤

学会“认识自己”从认错和改错开始；学会“选择”从不寻找理由开始；学会“爱”从爱别人开始；学会“担当”从给自己设定短期目标并达成开始；学会“当下的喜悦”从认定自己本该快乐、快乐自己开始。

闲暇有懒，啜口鸡汤，但总须记得鸡汤无罪，饮者自伤。

鸡汤是个好东西，虽然公母鸡熬汤功效，讲究殊异，但总是对需要进补的人大有裨益。中国饮食总是不太讲究营养学的，怎么算起来也是鸡肉的营养来得多，唯一可以当作借口的是，鸡汤容易吸收。再或许，还有点心理作用，色香味俱全，还不用咀嚼，只需要吸溜，一口下去，服帖得连食道都能吸收能量似的。

旧年代，鸡汤是个稀罕饮食，若非逢年过节、病体虚弱，就是产后营养，或者大伤小伤之后的特供，抑或是大富大贵者可以用来显摆。现在倒是简单，现代社会自然物质遍地，如今鸡汤讲究多了，配料繁复，鸠占鹊巢的感觉，想喝几乎可以随时，甚至到了鸡精糊弄一下你也未必辨识的了。

想起心灵鸡汤。

网络时代自然欲望满眼，心灵强壮与否、受伤与否无甚关系，每个人都一定有点产后忧郁症，不来点心灵鸡汤那是不够滋润和矫情的。

鸡汤嘛，认识自己、活在当下、坚守梦想、爱、喜悦、放下、光明、勇气、坚强、疗伤、安静、热情……就差一个词“成功”。老话讲，缺什么补什么，想吃什么就是缺什么，这样看来，喜欢鸡汤的人真有点可怜兮兮、悲惨万分。缺了这些，想想人能活下来那是真不易，个个生不如死、度日如年的。

潜意识里这个世界一定是对你不公平的，所以你伤痕累累；这个世界一定是邪恶的，总想把你篡改；这个世界保不齐就是黑暗的，你需要火把照明；这个世界一定是没有意义的，你需要来点如何才能活着有意义的提示。

于是乎，你一定有病，证明自己无病是个难活儿，证明自己有病那就容易多了。病了就得治，咱没时间去锻炼体魄、坚强意志，咱也不想回炉改造、喜获新生，那就先喝点鸡汤、补点气血。虽然不是战士，也要硬生生拉出一副架势，我很可怜、很无助，但我也在战斗。

和平年代总是需要矫情的，因为没有那么多的血肉模糊、颠沛流离，为了证明自己存在，总是需要臆想一些痛苦。太多的人，不是因为自己快乐而觉得自己存在，而是不停证明自己痛苦来标记自己活着。

反正自己病着、伤着、筋疲力尽着，我不要鸡汤谁要鸡汤，有谁比我更需要鸡汤？鸡汤易上瘾，也毁了你自己的咀嚼和吸收能力，稍微硬点的东西你是咀嚼不动了；稍微不是流质的食物，你必然消化不良。怕只怕，从此患上鸡汤依赖症，不是鸡汤不吸收，不是鸡汤自然没能量。

你不从生命里汲取能量，只在鸡汤里寻求安慰。这个世界在你眼里有点诡异，时空自然荒芜无比，充满危险和敌意，随处可见僵尸游走，毫无生机，没有光亮。你学不会因为未知而快乐，只学会因为已知才凑合着活下去。自身没有光亮的人，既吸引不到别的人，也别指望能温暖自己。

少了些咀嚼、少了些唾液、少了些胃动力，要么你虚胖，要么你彻底搞坏身体，四肢羸弱，脑袋巨大，心理变态。剩下的自然是愤世嫉俗，要么是自怨自艾，或是躲避起来自成小天地，总该是有点自欺和逃避。

人生下来该不是为了战斗的，该是奔着快乐来的。可惜喝了鸡汤，自己先就对世界胆怯起来，总把自己放在需要满血复活的地步，那自当需要能量输入、摄入。需求决定产量，估计以现在的销量，如今的鸡汤，品质也大不如前了吧。再碰上几个丧良心的，拿些添加剂糊弄些味道给你，味道还行，但只会让你更加虚弱罢了。

不指望你能茹毛饮血，那总是有点不合适，但学会咀嚼和消化总是应该的。即如这个生活，只有体悟这次生命，咀嚼你的经历，消化你的过往，生命的营养总应是满盈和富裕的，也必然是丰盛内敛而充满光亮的。但你偏偏选择只有心灵鸡汤这样一种食物、一种生活营养，活不活着也没什么差别。

虽然没必要证明你自己没病，那是个旷世悖论。但起码，总要明白自己最多是偶尔有病，偶尔身体虚弱，偶尔受伤。起码没必要祭着心灵鸡汤的大旗，来证明自己满目疮痍、病入膏肓。喝鸡汤本身是为了强身健体、快速恢复，难不成就是为了证明自虐有瘾，证明自己有病且纤弱?

人生不是用来思考过去的，也不是为证明自己有病才活着的，因为未知才快乐总是应当的吧。学会认识自己，学会选择，学会爱，学会担当，学会当下的喜悦。真如此，鸡汤大可退场，只需“学会开始生活”。

学会“认识自己”从认错和改错开始；学会“选择”从不寻找理由开始；学会“爱”从爱别人开始；学会“担当”从给自己设定短期目标并达成开始；学会“当下的喜悦”从认定自己本该快乐、快乐自己开始。

闲暇有懒，啜口鸡汤，但总须记得鸡汤无罪，饮者自伤。

又一年春天的消息

雪在年底，春节前的时候，总是让人惊喜和常舒一口气。开满梨花的迎春，润泽的不仅仅是那一蓬迎春，或许还有眼睛，还有耳朵，最好能够润泽到心。

之一

雪终于来了。

还好，还好，雪还是来了。

雪落在灰色的城市里，公平而潇洒，无从改变城市的颜色。渴雪的城市将对雪的激情变成雪的融化，于是灰蒙蒙的依旧，怕是积不起来呢。

昨天还恍惚这个冬天是否还会有雪，因为离落角落里，一枝迎春已经黄灿灿了。城市是不喜欢梅花的，因为太过短暂的绽放，过于突兀，剩余的一年葱绿，没有那些卖弄的树木们美丽。于是，深冬将将结束，春的气息似有还无的时候，随处可见迎春的枝丫。

没有同样的雪花，但却自在、飘飘洒洒地兀自舞着。不知雪花在旅途上是无言静默，还是叽叽喳喳地谈着旅途所见，然后再继续这个旅途？这个城市的阴霾，这场雪怕是无能为力去洗净，迎春的花瓣上倒是开始积起来了，于是鲜亮的明黄，有点隐约的鹅绿了。

迎春花开的时候，叶子还在襁褓里羞涩沉睡，于是一蓬蓬的明黄，因着雪的浸润，枝干的绿色清晰了，在灰尘装扮了一冬的城市植物里，有点耀眼的鲜活。比那些苦难的城市植物和人们好了太多，因为他们是，人成了植物人，植物成了城市人。

迎春的婀娜，是需要细细凑近看的，那些花瓣的扭捏伸展，远比远观的时候美丽太多。是不是很多的美丽属于细节，很多的美丽属于远观，还是美丽在于发现？冬日的眼睛干涩而迟钝，冬天的嗅觉自闭而浑浊，雪在迎春上坠饰，那清新的气息久违得让人眩晕。

迎春的雪，迎春枝头的雪，慢慢积多了。黄色已经隐约，白色战胜了，已经换了模样。迎春永远谦恭地伏在那里，伸展的都是弯曲的线条。“梅花总夸傲雪枝，早有迎春绽黄花。”

迎春已经不是迎春了，如梨花满枝。春深的梨花满枝，蜜蜂嗡嗡，如雪。那时如雪的形容，该是实在没什么好的字眼了吧。现在的迎春开满梨花，倒是合适得一塌糊涂。因着，这雪之后这花之后，春天渐行渐近。

雪在年底，春节前的时候，总是让人惊喜和常舒一口气。开满梨花的迎春，润泽的不仅仅是那一蓬迎春，或许还有眼睛，还有耳朵，最好能够润泽到心。

之二

新年，到底是一个新生还是一个总结，一直以来很是迷惑。倒是春节气息浓郁起来的时候，躁动不安地清点过去，审视未来，很少人去审视过去，清点未来。鞭炮的硝烟，年货的味道，新衣的搭配，年的颜色，很是应景，也就每个人假装快乐幸福。红色是喜庆的，也是血的颜色，于是乎心潮澎湃；金色是富足的，也是钱的代表，于是算算自我的富足该是用些金钱量化。

生活没有跌宕起伏，人却未必如山屹立，四季无言。生活总是平滑的，只是旋律有点磕磕绊绊。人生像极了橡皮筋，扯长缩短，忙得不亦乐乎，安静下来长度没什么变化，扯长久了，还容易疲劳，没了弹性。都想做山，可惜耐不得寂寞，受不了坎坷，一逢风吹草低，见的不是牛羊，而是哭爹喊娘的找其他的山靠靠。

人到底有没有心呢？没有心的话，脑袋独大，那么理性的脑袋为什么总做些，再给你一百次你也不会做的事情。怎么还会，在那些自己曾经热衷的场合，恨不得眼瞎耳聋，毫无知觉。只是心真确立了，孤独就泛出来，无尽无穷的，且还需小心翼翼地应对脑袋的胡思乱想，身体的无限欲望。还要为了谁是领头，没事开开圆桌会议，虽然知道心最可贵，但还要装出一副谦卑的模样，曲意奉承，暗度陈仓。

人不会因为拥有而误判，永远是因为欲望迁怒连连。孔子说，君子好当得很呢，“不迁怒，不贰过”。不迁怒似乎控制控制还行，玩的是意志力和偷换概念，大不了骂个娘，踢个狗猫，也可以捏捏方便面。虽然黑暗，但起码不是很起涟漪。这个“不贰过”真就有点为难，谁都不是拿着错误当享受呢，但错起来没有什么新意也让人慨叹。其实偶尔跟人谈起，人生的机会都是在你“贰过”的时候失去的。重蹈覆辙看似天经地义，因为顺畅吗？其实想来一定是迷路了，转了个圈子又回来。

一年里，总会觉得周遭的人来了又走，怒了又喜，喜了又怒，纷纷扰扰。其实不怕声音，就怕没有声音。沉默地远离或沉默地同行，不是心有灵犀的那些人，只会是一场灾难和自虐。人总是很忍耐，总是觉得被压抑被妥协，于是积攒很多的怨气在胸腔里。无非三个结果，要么练得心胸坚实；要么久患成癌；怕只怕第三种，吹大了肺，最终周期性气球般地爆炸，伤人伤己。

树为什么长得那么直呢？小时候老师告诉我，树人如松，要不停地修剪侧生的枝丫，人要不停地接受外界的修剪才能成材；长大了才明白，树会自己抛弃那些曾经很重要，现在不重要的枝丫；还会明白，一木不成林，成林的树木会按照自然的规律小心翼翼地保持距离，抛弃那些只会浪费资源产生恶性竞争的东西。没有谁不愿意，恣意自由地生活，意志决定生活，无须左右为难。左右为难的生活，看似是面面俱到，其实那样的人生要么是病梅自养，要么是藤蔓缠树而已。

一直喜欢杨贵妃，不是因为丰满，是因为她说她要吃荔枝。起码我还知道她会为什么而笑，怎么去让她笑，笑得马匹累死，起码还换来一笑。怕只怕如褒姒，要什么不知道，不要什么很是知道，费你帝王百般纠结，一笑换来，似乎皆大欢喜。可惜换来的还有，国破家亡。

没有谁的职责是揣测，那是谄媚人干的事情。太多的人揣着恶意揣测善良，善良也就一副十恶不赦的模样。至于一些人，洞见旁人的缺点，顾左右而言他，隔墙扔砖，砸着谁是谁，反正我可以笑，一时地咯咯偷笑。岂不知，**左右世界的绝不是两端的人，反而是中立者**，因为他们向那个方向哪怕是不动，仅仅是倾向一下，世界都会为之颠覆。

春天因着迎春和雪，有了一点消息，那人生的消息呢？

又见普陀

此山落迦，此岛普陀，此佛未必是观音。

海天佛国，观音道场，普陀应着这个名声，让人向往。那次匆匆拜访，擦肩而过，这次心性了空，静心求见，得偿所愿。

观音如春，只着素装，普陀胜景，也在烟雨缭绕间吧！从陆路凭桥入舟山，这当属人力胜迹，慨叹足矣，盘旋于山海之间，蜿蜒如龙，连接岛屿，隔海相望的世世代代，一朝变改，是不是又少了世外桃源的清净？

普陀仍需行船，海无蓝色，有点混浊的黄绿，只是风的味道是海的滋味。雨忽来忽往，凭船栏迎风观山，朋友说显得有点深沉，怕是内心观佛有点惴惴吧！

按着传说，观音是赖在普陀不愿前行，才有了这个道场，颇有些小孩子的淘气，不肯去就留下，倒是信佛众生大度地大兴构建，于是佛国得见，成就了四海尊崇，海天佛苑。岛因佛名，只是多了中国的简略与实在，“普陀洛迦”倒是知者寥寥了。

登岛先入普济禅寺，一路香樟，几丛紫竹，石路雨润，人流熙攘。佛本清净之地，如今也被拜佛之人虔诚到人流攒动，佛法兴了还是不兴呢？导游很是熟络地按部就班，如何拜如何的典故，念佛即为稳重，他们一遍遍地说来，虽无关心诚，但也如念佛般地有点功德吧。只是少了份热情与挚爱，失了修行的机缘。我却无意求知但求有悟，且入庭院吧！

普济观音，有着佛教本来的男相，至于中国演化了，倒是应着“悲智双运”“定慧双修”的根本。法相自是庄严，拜者虔诚，至于烧香如何烧，拜佛如何拜，对于我等学佛成魔的人，有点不知所以然。见佛拜也可，不拜也是一种映照，我们彼此相见，同样是一种机缘吧。

行至方丈，门扉紧闭，有点悻悻，虽知此是寺庙的禁处，怕是佛教高僧各类官员才得进吧，叨扰的本来就无趣。转至偏院，经声起伏，几个僧人，在那里读经，熟络的已然闭眼琅琅，次之读得津津有味，不熟的在经卷上搜索有点嗫嚅。我独自站在门前，木鱼声声，僧我两忘。那些探头匆匆的观佛人，如水流转，瞬而觉得，这个经念得直入心房，又将心澈静得空空，我如一香独燃，缭绕随风。这个香上得是不是更有悟得……

转至前殿，哑然一笑，关公在墙，与韦陀呼应，有点屈尊与讨好世人的感觉。围栏边，石瓮莲花，修竹石笋，香樟千年，微雨点滴，黄墙瓦青。一松鼠在树枝间跳跃，独坐看拜佛烧香，世间百态。求佛与拜佛，烧香与叩拜，许愿与还愿，世界碌碌悲喜之间，浓缩此一香炉此一蒲团，心中的佛倒是千奇百怪，相有万千吧，不是观音有万相，倒是人心有区别吧！人生有期冀希望、人生有信仰依托，也是一种快乐！至于是否礼佛知佛，也就淡然了！

出得禅院，外面有放生池，众生愚昧，不放自己放他生，带些烦恼劫难业障在自己身上，了脱的不知道是什么！禅寺钟声，放生池上，也分个官人、帝王、平民的三座桥，也是顺势应景得厉害！佩服之至！

沿路去观南海观音像，路边庭院也是禅寺一座，游人匆忙，无人顾及。我是闲适步入，无人有佛，无钟有香，善款箱里投了些零钱，把自己身上的钱清净了，算是一种讨好和静心吧！去了海边，沙滩，浪生浪声，沙细风清，海天一色，一望无际，礁石黑黝，天地寂寞，观音也是因着这个不愿离去吧！

南海观音，法相庄严，慈悲满宇，只是看着那些功德善众的供养，有些恍如隔世。有功德善举，是可积善成德还是可以消灾除障，佛保佑的到底是那些拿出大把钱供养的人，还是那些善行善念的人呢？自善者善人，善人者自善，就算我是不信佛，那些佛们也该是保佑我的吧！凭着些供养，就可以借佛行恶呢？十善消一恶？还是一善消十恶？其实有了这些想法的人，离佛都远了！善是善，恶是恶，行了恶我们消业就好；行了善，不求回报就好……

站在佛台上，四顾海天岛屿，寺庙间杂在绿色里，海上的风猎猎地吹过来，清了头脑，眯了眼眸。云乱急匆，远山雾满，据说看着对面可以看到一尊卧佛，意会即可，何必深究。此山落迦，此岛普陀，此佛未必是观音。这些又有多少人明白呢？

乘船离岛，暮色渐下，岛如佛静默，阴晴明灭，不问来去。感慨的皆是世人，心乱求佛与心静观佛，或是一样或是不一样，普陀山水之间，也是无从询问答案吧！

人生八正道

也或许，人生如三月原野上吹来的风，你既可以把它拒之门外，也可以与它融为一体。

苦行和享乐，据说佛陀都不太感冒，法求中道，方是人生正途。大藏经里有部《佛说八正道经》，似是得了圣谛，合乎道。

及至中华泱泱，简单、直接、实用，《易·离》：“柔丽乎中正。”中正才是正道，于是佛陀八正道也就顺势应景，大加鼓噪。

不偏不倚、刚正果决、纯正得道，没谁的人生不愿如此这般。谁都晓得，**妥协一生未必是中庸，逃避一世未必是行善积德。**纠结世界纠结的永远是自己，下定决心苦就苦吧，可惜什么也得不到；及时享乐吧，沮丧来得永远比满足感强烈。

谄媚这个世界，世界就作践你；冷眼这个世界，这个世界僵化你；与世界和平相处吧，世界把你当作陌生人，可有可无。我们擅长承认自己做不到，编造理由告诉自己理所应当。于是，在自怨自艾里，在品评不公里，让自己愤世嫉俗。或许人最大的本事是孤立自己，自己站到别人或者世界的对立面，然后搞到自己比窦娥还冤……最凄惨的，无非是面对站在对面的另一个自己。

法本无迹，唠叨唠叨“八正道”，或许不碍着我们试着存在，试着走在人生路上。

正见。事之因果，不因己而动歧念。《华严经》说“正见牢固，离诸妄想”。大智度论说“正见是智能”。我们妄想过去，却又不得不接受现实。于是，生搬硬套也要把原因追溯得与己无关，或是幻化我们付出的伟大，臆想所遭遇的挫折。

你的果就是你的因，当不再用“我”的存在，当作解释因果的角度时，正见就成为智慧。人生没谁不想智慧，但只要你还是将所有因果推到这个世界身上，你看待世界的角度跟你看待你人生的角度一样，充满妄想和谬误。

正思维。虽然我们担忧的事情十之八九不会发生，但我们沉湎于大脑的思考。我们用思考人生代替经历人生，我们用思索代替验证。我们总以为自己在思考问题，其实是逃避应该的行动。

或许，当你知道没有什么理由可以怪罪这个世界、这个人生的时候，或许你会少点胡思乱想。也或许，真正的思维是和行动息息相关、密不可分、互为验证的。

正语。正当的言语。语言不是用来发泄的，是梳理自己，沟通生存的。太多的人把语言当武器、机巧、面具，失了“正”字，或许也就失了生机。

语言与行动有何不同？行动本身没有生命，只有结果。但是语言，从出口的那一刻就拥有属于它自己的生命，与言语者无关了。你不能阻止、限定它传播的方式，左右不了它表达或被演绎的版本，也不能要求别人对语言真假做辨识，你也不能阻止别人思考后的另类传播。于是，你的语言是你生命的一部分。

正业。正当的行为。《瑜伽师地论》说：或于住时，于己追求衣服等事，若行若住，若坐若卧，广说乃至若解劳睡，正知而住，是名正业。即指生活习惯有好规律，就是正业。

你不会因为好的习惯成功，但一定因为坏的习惯失败。身体和意志互相影响，世界很坎坷，不影响你依循好的规律生活。

正命。正视你的人生。《瑜伽师地论》说：如法追求衣服、饮食，乃至什物，远离一切起邪命法，是名正命。没谁靠着机巧可以延续一生，小聪明永远吃大亏。倒不是世界看穿了你的把戏，而是你自己笃定知道自己在投机取巧。

每一次的逃避和机巧，因为你知道，所以你开始畏惧这个世界，开始寻找人生的捷径。骗过世界，骗不了自己，你也就没有属于自己的人生。

正精进。《正法念处经》说：懈怠是一切恶道之根本，是生死之种子，世间一切苦恼，皆由此而生。人生没有什么目标可言，你选择人生的目标，无非是害怕自己懒惰督促自己罢了。

既然已经知道自己懒惰，却幻梦理想，在人生里懒惰，享乐都不易得到，何况人生所谓的目标理想。理想没有达成，我们最大的理由一定是这个世界满含恶意，其实谁都明白，自己懒惰而已！

正念。身受心法，观身不净、观受是苦、观心无常、观法无我。

我们苛求人生的完美，却忘了不遗余力地懈怠自我；我们总是埋怨人生苦痛，却忘了面对幸福快乐我们毫不珍惜；我们埋怨世界善于遗忘，却忘了我们自己欲望满满随时变换；我们痛恨世界忽视我们，却忘了自己从来都是以自己的想法面对世界。

正定。西方哲学探讨来探讨去，人孤独得一塌糊涂，似乎孤独才是人生正解，才是社会存在的基础。或不如佛禅讲来更合拍人生，人与人的相互作用是人存在的价值与体现，坚守自我是存在依据。因为别人存在我才存在，这是外相，要求得人生无相，简单到就是自我的坚守吧。

人生总是充满清规戒律、成功大法，**这个世界最大的恶意是有那么多值得你羡忌的范本。最可悲的是，你还是要经历你的人生。**我们总是带着欲望面对未来，带着愧疚审视自己的过去。要么我们因为结果未知而放弃前行，要么因为结果已知而意兴阑珊、移情别恋。你寻找理由告诉自己不配成功，却又渴寄人生可以闪闪发光。所谓人生的中正和正道，或许永远不存在。

也或许，人生如三月原野上吹来的风，你既可以把她拒之门外，也可以与她融为一体。

第七章 生命中最美好的事都是免费的

发现美好，记录点滴，这些美好的发现和体会是你迈向美好生活的动力。

真正的幸福不是惊天动地的事，
而是懂得发现生命中的小美好，
过自己想要的生活！
其实，
我们都被这世界温柔地爱着！

孩子是那个最像你也最不像你的人

孩子进入他的人生，你却有幸参与进去。不是他走入你的生命，是他允许你的人生和他相连。你教育他的过程，其实是教育自己。

这个人生里的风雨，该来的时候一定要来，未必是针对你，也未必得不到人生的乐趣。或许所有的悲喜，所有的喜悦和伤痛，也都随之而来，成为记忆。孩子早晚也就会成为最像你也最不像你的人。

这个世界充满想瘦成一道闪电的姑娘和希望平地一声雷让世界看见自己的男人。于是这个夏天，暴雨总是随时就来。

暴雨来的时候，我和儿子有个保留节目，就是出去踩水。伞成为摆设或是累赘的时候，要么是春雨细绵，要么就是夏雨倾盆。刚出了楼门，风裹挟着雨，就戏耍了伞，身体就无辜地成为牺牲品了。

闪电照亮雨的路线，一波波地砸下来，地还没来得及滋润，就开始拒绝，水汇成污浊的水流奔着低的地方跑。树还颇有担当，努力地承接雨的热情，保护着树下的相对清净，却在风的冷笑里，摇晃着、不情愿地甩下更沉重的雨滴。

水在十字路口聚集，几乎是瞬间就没到小腿。儿子在里面来回地走，蹚水蹚得辛苦。中间还失了拖鞋，爷儿俩好一顿找，拖鞋却浮上来想逃跑，抓回来的时候两个人基本也湿透了。尽兴了，舍了伞，傻子般地一起往回走。

路灯下，一个姑娘在那儿哭，呜呜咽咽的，没打伞，浑身湿透。旁边的姑娘试图拉着她去房檐下，被她努力地甩脱，旁边的姑娘无奈跑到屋檐下，远远地喊她回来。

儿子突然说：爸爸，咱把伞给这个姐姐吧。她是不是没钱回家，要不你开车把她送回家吧。

有点好笑，也有点赞许：没事的，姐姐长大了，她知道该怎么办。

回到家里，笑着说这事，老人和夫人都慨叹，这孩子有点过于善良，长大了可有得罪受。

人生的本初、成长与成熟、世界的模样，一件小事或许就原形毕露。

儿子的善良或许是与生俱来的，里面有感同身受也有对弱者的看见，里面没有掺杂什么怀疑和对自己的保护。世界的一切都是和他有关的，现实和想象也是一样的，或许连梦和现实都搞不清楚。曾经有一次，儿子考试完，睡前躺在床上，长舒一口气，说：终于考完了。于是我开玩笑说：你做梦吧，明天才考试呢？那一瞬间他的惶恐，我都觉得自己不应该。

而当他去关心这个姐姐，只是觉得看见就应该关心，这或是善良本来的意义。

及至长大，经历成长必需的痛，却不明白成熟是什么样的。这个世界总是和你无关，不管你是恣意成长还是小心翼翼地躲过一切的束缚和制约，这个世界都冷冷地看着你。孤独和寂寞似乎没有界限，只有你孤零零地和世界对视。**任谁都不能代替你忧伤，却有无数人来分享你的喜悦和成功。**孤独却无法安静，安静却浑身无力。

那个女孩自虐般地痛哭，伤她的永远不知道她如此，她却需要这样才能释放自己的悲伤。而让她悲伤自己的悲伤，拾捡自己破碎的心，或许是成长所必需的。

那我是什么时候长大的？想想倒不是进入社会，或是被人生伤到体无完肤、幡然悔悟的时候。是儿子出生：我抱着他，那个微微呼吸、甜美沉睡、柔软得让你畏惧却又坚强地存在着的人儿。突然明白，一直以为的自己的茕茕独立和踯躅前行，在这一刻，有一个和你永远关联的人出现了。忽然一天，你开始明白你永远和这个世界相连，而且是血肉相系的相连。**原先总觉得我有朝一日，可以和这个世界两不相欠，就是人生的成长；现在发现，你终于发现与这个世界密不可分。**成长到来得出乎意料，却又顺理成章。

说到成熟，有些人一辈子不成熟，有些人说：明白了这个世界不是为你准备的就是成熟，或是明白你不能做到和可以做到的就是成熟；或是说可以不在意别人眼里的自己就是成熟；抑或是可以对世界说不，昂起头就是成熟……

而我是什么时候成熟的呢？大约是孩子六岁吧，过年发烧，一直坚持着从小没有给孩子打过吊针，医生却说，情况比较严重，如果不打吊针……让我自己想好。那一刻，夫人眼巴巴看着我，我给父亲电话，因为我从小到大到今天也没打过吊针，父亲说你看着办吧，他还是建议听医生的。我最后还是决定先吃药，再说。

那一刻以后，我觉得我才真的成熟了。**当你发现这个世界没有依靠，你必须担当的时候，当这个世界都可以免责，你却愿意担起这个责任的时候，你或许是不得不成熟。**在你成长的路上终于学会逃避、灵巧地躲过坎坷或明枪暗箭，却在某一刻愿意担当你本可以不担当的，你也就成熟了。

不知道是这个世界逼得你开始把他描述成冰冷残酷，还是为了保护自己才对这个世界横眉冷对。怕孩子未来受伤，是我们受过伤，还是我们臆想出可能的伤？如果每个人都觉得世界在恶意针对你，那这个世界里谁被善意对待？还是所有的善意本身就不该存在，世界不需要善意，只需要明白每个人都是独立的、每个人都干着他应该做的事情？

孩子进入他的人生，你却有幸参与进去。不是他走入你的生命，是他允许你的人生和他相连。他总是在成长，他不追赶你，你却恐惧你们之间的差距越来越小，于是你不得不成长，或是成熟。你教不会他如何面对世界，你只能和他一起面对世界。你教育他的过程，其实是教育自己。

即如这场暴雨，总是要来的。你和他可以选择进入嬉戏，也可以选择畏惧和逃避，暴雨不是灾难的时候就可以发现美丽。**这个人生里的风雨，该来的时候一定要来，未必是针对你，也未必得不到人生的乐趣。**你准备好一切可以抵御风雨的东西，却会在人生面前突然毫无抵抗力，甚而会觉得那些所谓的保护反而成了累赘。或许我们愿意像大树一样保护我们的孩子，却在风雨之中最终无力支撑，给予你保护的人更大的风雨。

我们能选择的无非是如何对待风雨，而不是试图逃避，或是试图让孩子不经历风雨。只需要告诉他，风雨未必不美丽，未必不能发现快乐。你和他一起走入人生的风雨，共同游历。你可以告知他看待人生的态度，展示给他看在风雨里应该怎么样就好，告诉他不值得畏惧的和需要坚强的。

或许所有的悲喜，所有的喜悦和伤痛，也都随之而来，成为记忆。他早晚也就会成为最像你也最不像你的人。

我绽放着等待枯萎

或许，快乐不是讨好这个世界得来的，笑不是一种理由，应该是快乐的结果。

青春总是会走掉的，成熟未必接踵而至。于是，绽放总是应该的，绽放着等待枯萎，把枯萎当作迎接成熟，新的绽放。

春天总是让人想起来很美……

春天被绿色驱赶，奔跑得好快。花争着开放，怕错过彼此的、互相的羡嫉目光。花瓣随风飞着，蝴蝶缀在花枝上，恰如春的配饰，而蜜蜂的忙碌和着鸟鸣，为各类花儿的绽放伴奏。

清晨在薄雾里反而清晰，像极了水彩画，点缀着少许的人。白日里阳光的气息，有着孩子般的欣喜，也于是孩子气似的，凉暖交混、忽冷忽热着，浓烈的油画质地。春天的绿和花儿，在夜晚也不停歇，自顾自地努力，更成长些或是含苞待放。星星也总是闪得那么无辜，安静地盯着你。

青春即如这个春天，总是蜂拥而至、风卷残云般地浪掷自己。花儿开放是为了绽放，还是为了枯萎？青春里，一点点风雨坎坷都被你当作人生的点缀，却为何在青春要离开的时候，诘问自己为何没有绽放已然枯萎。

青春渐老，人生的春天即将远离，却总是看着一地狼藉纠结为什么自己会这样。曾经以为成长是自己就会到来的，成熟却总是被自己标示成一种死亡，下意识地拒绝。但真当你快乐地把寂寞当作孤独炫耀后，没想到寂寞真发酵沉淀成醇美如酒、如假包换的孤独。

有多少人青春的绽放，只是为了绽放？纵情人生，只认定为纵情青春，这是人最大的偷换概念。因为要迎接枯萎，所以我尽情绽放。人生是由经历造就的，但别忘了，**经历没有让你更好地度过人生，那经历就是灾难。**你以为挥洒的是青春，其实是剥离自己的激情。

你总是把青春定义成一个有头有尾、可以明细界定的阶段，却忘了**人生是由一个个开始组成的，却总是没有一个个明确的结束。**你戏谑自己的人生，世界帮凶般地玩弄你，这个绽放，摇曳尽情却如拍喜剧拍了个悲剧的味道。自拍神器都掩饰不了自己的寂寞悲伤，装点最多的特效也不能让你真的敢于面对自己。

有多少人青春的绽放，只是因为即将枯萎？青春从来不是急匆匆的，你却急匆匆地面对人生。时间对谁都是一样的，对你却显得那么吝啬。你逃避自己最大的理由是自己不完美，于是在理想面前选择嗫嚅和转身离去？

你浅尝辄止所有你能品尝的，拒绝一切你笃定不能经历的。青春如仪轨般确实，流程般缜密。按部就班计算时效，然后走向注定的枯萎，却总是落得个似是而非，似乎既没有经历青春，也没有绽放。青春对你而言，枯萎是一个结果而不是成熟的开始。

有多少人因为畏惧枯萎，而选择不绽放？世界谈不上忧伤，他没有闲工夫，而你却在阳光下随时晒你可怜的忧伤。于是你拿着担当和责任做借口，放弃自我的绽放？有多少人的青春，来不及青春就已然衰老成熟？说自己老了的，为什么总是那些青春模样的主儿？

我们在青春时刻装扮成熟，却在成熟面前原形毕露。你没有绽放如何可以孕育自我？多少的破茧成蝶因为害怕改变、畏惧外面的世界而落得胎死腹中？不是你来不及张扬青春，是你选择了在青春来临的时候就老去。

有多少人的绽放，仅仅是为成熟做准备？太多的人，青春就是为了等待老去。在春天已然计较秋天自己最可能的收获，冬天如何消遣。我们自以为是地准备一切未来的保险，节省一切的精力和活力、激情。把证书当作技能，把技能当作能力，把能力当作人生，却被世界一次次地戏弄嘲笑。然后自怨自艾地审视自己，伤痕累累、毫无生机。

总把未来活成过去，笃定的未来比似是而非的过去更让人恐惧。没打算接受未知的，也就没打算绽放自己。人生本是经历罢了，但你却把人生当作一个计划。计划永远完美，现实永远差强人意。你最大的恐惧，自然不是你成不了自己，而是你不能成就社会造就的自己。

有多少人的绽放，是为了再一次绽放？“花无百日红”，因为自己不想寂寞、不能面对表演的落幕，那就选择永远不成熟，永远花期灿烂。青春对有些人，就是没有终点的旅行，没有安定的流浪。拿着不愿被束缚的理由，去掩饰自己逃避人生的内心。

流浪本身是没有目的的，在你，目的却是逃避你自己。你以为世界在圈养你，于是你选择跳脱。其实是你不敢面对，你必需的改变、必须经历的人生、必须承受的失败和责任。你不愿意相信，世界压根不会多看你一眼，因为你不值得。你不停地绽放，在每一次即将枯萎前，不一样是在谄媚这个世界可以多注意你几眼？

有多少人真的在绽放，安静地等待枯萎，等待成熟？把成熟当作另一次绽放？未来总是被过去替代的，于是青春似乎是被成熟夺走的。青春总是在成熟面前不堪一击，热情总是被冷静击败，成熟的凝固战胜了青春的流转？

世界的冷暖，跟这个世界无关，只是因为你是一个有温度的人，

可以感知罢了。否则，因为畏惧世界而满身铠甲，以责任担当的名义禁锢自己，以为不会受伤了，以为没有那么多的冷暖自知，却圈养出最脆弱的内心，塑造了最冰冷的自己。

成熟不是界定自己能做什么，而是还能做什么；成熟不是自己要结束什么，而是即将开始什么；成熟是明白，以为自己的人生是为了某个所谓的责任、担当，其实还可以为了自己。

或许，快乐不是讨好这个世界得来的，笑不是一种理由，应该是快乐的结果。

青春总是会走掉的，成熟未必接踵而至。于是，绽放总是应该的，绽放着等待枯萎，把枯萎当作迎接成熟，新的绽放。

我绽放着等待枯萎/于是请求你/不要将我摘下/美丽的花瓶/美丽人儿的手/都不属于我

我在/小草里绽放/溪流边绽放/山石上绽放/道路边绽放/四季里绽放/白天到黑夜/黑夜到白天……

我跟星月谈着明亮/我跟太阳讨论黑暗/我询问风儿远处的风景/我问雨雪路上的艰辛/那些鸟儿、蝴蝶、蜜蜂、动物们/带给我日复一日的繁忙/那些阴霾的日子里/我努力地、明亮地绽放……

我快乐/因为我注定枯萎/我忧伤/好怕你将我欣赏/我为你绽放/为那个我爱的人绽放/但请不要把我摘下/我不想在你的身边枯萎

为你绽放/我的枯萎我自己分享/我绽放着等待枯萎/孤独着/快乐地歌唱

快乐有多难

我想，偶尔也学会去好玩好看，而不是想着这个东西是否有用。这是对我们爱的人，和爱我们的人，或是对自己，最快乐也最简单的事情吧……

前些日子有个段子，大约是说，想看一个人到底长什么样子，去看他/她朋友的朋友圈，里面的照片通常比较真实；再就是，一个人和朋友的友情如何，只需看合影自拍，他/她在美化自己的同时，会不会也顺道美化一下你。

智能手机淘汰卡片机，这个时代跑得太快，倒是人总还是很爱惜自己的羽毛，漂亮的自己那是必需的，特别是在别人的眼里。

据说，最爱惜羽毛的鸟是孔雀，连过个小河沟，也要把尾羽翘得老高。于是，古人矫情，汉·刘向《说苑·杂言》："夫君子爱口，孔雀爱羽，虎豹爱爪，此皆所以治身法也。" 联系到了做人做事，人格品格。唐德刚《胡适杂忆》言："适之先生，爱惜羽毛。"老舍先生称张恨水是一位"最爱惜羽毛的人"，大约都是这个意思。于是乎，想来我们自拍美化、摆拍POSE，也是无可厚非。在这个世界展示自己尽可能的美丽，碍不着谁还比较快乐，何乐而不为？

快乐吗？

前些日子，朋友带着孩子从澳洲回来旅游，专程来西安，寻根的意思。

女孩，会说中文不会写，澳洲的历史简单到一句话："英国人来了，发现有金子，于是把土著人都杀了，然后觉得受英国管没劲，自己成立国家呗。"不如西安动辄几千年的厚重。偶尔想，国外的孩子还是幸运的，光历史就省了太多的精力。

或许如她后来跟同学说的，我比较NICE，于是孩子叽叽喳喳的话停不下来。结果，我哩哩啦啦说了半晌的历史，不知道是否教育到她了，她却几件小事两句话教育了我。

一是见到了几个小玩意，跟她妈妈撒娇要买，她的理由很简单，好玩好看。妈妈自然如大人般的思维和习惯，大致意思是这样的东西买来没什么用，母女情深，纠结起来也有趣。到了最后，孩子似乎使出了杀手锏："能好玩好看，就是有用啊。"于是，孩子最后得逞了，小得意和快乐，母亲满脸的无奈。

二是，席间我和同学合影留念，摆了姿势，微笑。孩子很不满意，说没有真正的笑，我说因为牙齿的问题，笑起来很难看。她倒是说："笑本身就是快乐的啊，和漂亮不漂亮有什么关系呢？"想想也是，龇牙咧嘴地笑着拍了。同学解释说，孩子初回国的时候，经常会和她说起自己的疑惑，就是国内人不怎么真正地笑。

三是对一切新奇东西最直接的惊奇，哇……哇……哇……的一路，一般这个情况，家长大致会说些大惊小怪、注意形象、叔叔还在旁边的话。同学虽有些不好意思，倒没有说什么，只是说孩子是没见过这些。孩子倒是在真实、真性情，真诚地活自己。

把好玩好看当作有用，把恣意的笑认作快乐，把惊奇最直接真实地表达出来，她应该是快乐的吧，她的羽毛是不是更五彩和耀眼？那我们的呢？

"爱惜羽毛"该如鲁迅说的，有些"敝帚自珍"的意思，完全是个人的事情。现如今，倒是成了自己的壳儿，每天活在里面不自在，却还穷其所有地美化、打扮、化妆、打理不止。这东西是否有用，比这个是否带来快乐重要；这是否影响自己在别人眼里的形象，比自己能否开怀大笑重要。及至遇到自己心仪或惊奇的事儿、物件，我们先要矜持一下，看看四周，拿出一副稳重的样子，才顺势应境，应景而得体。大致自己为了一个别人眼里的“羽毛”，丢掉了自己的快乐。同时，还矫情地认为自己是多么有着修养和内涵。

诚实和真诚是两码事，诚实是对这个世界、真诚多少是映照着自己的内心。诚实活着的，大多数被世界教训得鼻青脸肿，真诚活着的基本都修行得位列仙班。约莫着，又落到俗套里了，不真诚对待自己的内心，大约也无权快乐，也无权拥有自己的人生。

老子说你最好活得像个婴儿，我们活如婴儿是没戏了，因为还要挣口饭吃，要不哪一天说不定就饿死了。倒是对待孩子，让他们带领我们学会真诚，这招儿倒是可用。

快乐有多难？

我想，偶尔也学会去好玩好看，而不是想着这个东西是否有用，快乐该是最有用的东西了吧。再，拍个照是真实的自己，真正快乐和大笑的自己，留下的该是自己记忆里的美好，不用那么磨皮美化。也或许，邂逅到惊奇、惊喜，我们真的可以让自己不顾及周边的表达，那样也就没那么多的无聊和悲欢离合。

当我们的孩子如此的时候，我们不去质疑，起码做到旁观，或是进上一步，与他们一起快乐。这是对我们爱的人，和爱我们的人，或是对自己，最快乐也最简单的事情吧……

四季明灭的路上

四季告诉我们自然的轮回

我们却在轮回里遗失自己

无语的初春

春来得毫无疑义。

因着南北奔波，今年的春天反而有了更清晰的感觉。

南国的木棉开得热烈，在那些四季如春的城市里，春天只是意味着某些花儿要开的时节。绿如四季般地浓着，木棉红得耀眼，一些如绢的花儿点缀着。南国的春天，只有心境是春天吧！

而京津如旧，春天如旧。阳光暧昧，因为风已经不那么冷了，灰蒙蒙里，有微微春的躁动。土地灰黄着，但隐隐有了参差的绿。河里冰已经开始消散，风筝开始有了，于是天高起来。空气有沙尘的味道，味觉里有、嗅觉里有，很有质感。

及至西安，迎春喧闹，玉兰雅致，接续着杏花浓淡，桃花打眼，柳绿如纱笼随风微摆。天蓝得远些了，云白得轻些了，绿色开始泛出了，蔓延起来，如少女初敞的心扉……

突然就在初春里无语了。都是春天，那么多的不同。但自己骨子里或是因为知晓着时节更替，开始自顾自地想与这个春天共鸣，于是不由自主地张着细微的触角，触摸着春天的消息。渴望着被春浸润，满脑子的天线伸展着，那些微的春天都想感应得到。于是，反而无语着……

看到一句话：What we talk about when we talk about love！看到这句话，想说些什么，再想想，却又无以言表。像极了这个春天，**那么毫无疑义的春天，却不知道怎么表述，却又那么的清晰。**春天总是那么让你来不及言语，就轻巧地改变一切，包括自己曾因为冬天的残暴而瑟缩的身体与精神。

“我们在谈论爱的时候我们到底在谈论些什么？”这是直译吧，有细微的无奈、孤独、空落，甚而一些禅意。无语的春天，倒是离春那么近着，触摸着，被春追逐着，追逐着春……

虽然无语，却是春天……

这个夏天不太热

这个夏天不太热，于是竟然有些恍惚季节与所在。

古都的风调雨顺，让城市郁郁葱葱和洁净。自从有外地朋友提起古都的树好多，自己也留意起来。这几年城市的建设者们也得窍与讨巧地在城市里栽着树，那些四面八方或是城市拆迁遗留的大树们，从此不必担心被砍伐与杀戮了，活得恣意和滋润。这个城市与树的感情在日益增长。

不热的夏天内心却隐隐地郁结，那天随手写了一句话：“**每个人都在浪费生命，只是成功的人浪费少一些而已。**”写完竟然是瞬间的惘然，本还算经典值得得意的话，却有淡淡的恐惧飘出了，谁在浪费生命，谁在浪费我的生命？

今年我在和田玉啊、茶叶啊、书籍啊等等，真是没少下功夫。期冀着靠一些外在的爱好、物质，可以让自己静心，但总是适得其反。夏天是个火热的季节，我却如初冬般紧绷着身体与精神，没有目标猎物，内心却充满着战斗。人生里的战斗是快乐的，其实已经与收获无关。唯一值得安慰的是，我在做着这个行业谁也没有做过的事情。当你去做那些未知的、无可借鉴的东西时，战战兢兢之余，那种热情与必胜的心态，会让自我微微地有些光亮泛出来……

战斗不都意味着胜利，但战斗一定意味着死伤与血泪。不战而屈人之兵，那是面对敌人，针对自我的战斗永远是血淋淋的……破茧与割裂，抛弃与拿起，从思想到人生一直未间断。刮骨疗毒是大英雄，那还得靠着神医。现在是自己拿着刀屠戮自己的身体与思想，毅然决然，鲜血淋漓。痛其实不是问题，血是问题，痛引起的麻木是问题，痛引起的忧郁是问题。刀需锋利，使力需准确果断，部位要准，不予残留，手快要血尽可能地少流，止血专业而快捷有效。刀永远没有杀气，眼有杀气，对自己要有杀气。

告诫自己，**任何的犹豫都是对自己的不负责任，就像你自己浪费的永远是自己的生命。**就如武侠片里看到的，励精图治卧薪尝胆地去杀灭一个仇人，最终的结果别人只是淡淡一句：你以为你杀死的是我，其实过去你已经为了杀我而杀死了自己。

雨开始下了，“夏雨偏有秋雨意，零落且将檐铃乱”。这个夏天不太热，于是徒生着这许多的乱思，知道自己在告诉自己什么，知道未来自己需要对自己杀戮什么。

这样的日子里检索自己的未来而不是过去，晦涩地说着自己的战斗。杀戮自己在每一天里进行着，只有不停地行进着这些杀戮与割裂，鲜血才活跃着、温热着，才可以检索自己的未来，而不是检索过去。

这个夏天不太热，虽然有些恍惚与疑惑，但喜欢这样的季节里这样的自己。

秋天的雨

秋雨很坚守，自顾自连绵了几天，人有些灰色的顾影自怜。

一段时间了，摒弃自我的灰色，强制自己快乐恬静。但当明白自己不是万能的时候，还是灰色到一塌糊涂。这是应该隐藏的季节，也是应该收获的季节。女人们开始隐藏自己，从服饰到妆容。一整个夏天的肆意后，应景的该有所藏、有所敛，反而摇曳得多姿与隐约起来，有点味道、有点隐藏。这样的初秋，趁着月朗星稀，天高云淡，舒服。

收获多少，总是在于是否盘点。很喜欢秋天里，站在窗前，或蓝天，或是雨云飘忽，算是一种冥思。坚守的理由很简单，**“人生不能没有进步、没有改变”**，几乎成了自己的心障。其实同样很明白，很多的改变与期望，是需要机缘的，心缘加机巧。

有些简捷的、很通透的话语，如“**Know when to fold them！懂得何时投牌认输**”。人自身的发展与进步，更多的是面对矛盾，某个点位的矛盾不足挂齿，瞬间释然。内心期望与现实之间产生的矛盾，就有些错综复杂，有些是失落，有些是诧异，有些是不了解，有些是目标不一致、有些是权谋……但唯一缺的是坚守。肉体一般不会让你投牌认输，但精神不一定。在你决定寻找理由不坚守的时候，你已经认输了。

这么多年来，恍然人悟的东西不多，数得上的一条就是“坚守”。成功除了运气，其外的就是专注、坚守、付出。但太多的时候太多的人，问太多的“为什么”了，求太多的“得到”了，而缺了坚守、专注、付出。**在黎明前倒下的，不一定是懦夫，但一定是那些很在意别人眼光的人！**人生若有成功，也自然不会属于这些人。

天已经晴好了，晚霞美得让自己驻足无思，心思徘徊。虽然每个人本质都有些孤独，但自己或许不愿表述自己的孤独。就像晚霞的美丽，虽然知道结果，但自顾自的美丽绝伦，变幻无穷。

冬至的阳光

冬天本身不是暧昧的季节，但冬至的阳光很暧昧。冬至到了，阳光在清晨的萧索里，喷薄而出，却在跃出后，无力的金黄。今天是阳光最短的日子，却也是，阳光重新开始生长的日子。

老是担心自己学佛成魔，难得那天一位朋友告诉我，佛魔本共生——谢谢他。思辨到行动，多语到无言，现在的我倒是又回复到沉静。冬日需要藏养，今年却在冬日里频繁奔波与思想碰撞。想来人生无非是个顺势应境的关系，势至此，事也必须至此吧。在每一个节点里选择要做的事、要走的路，但不能每次都选择最容易的。

这一年——

喜欢满溢的感觉，但不希望自己的人生满溢。圆满是对每一个事情、对人的要求、对自己的审视常见的诘问，可是圆道周流，没有圆满的圆满，才是当下与喜悦的本来。人生本来只有当下的存在，当下的喜悦，当下的吸引，当下的闪耀，当下的映照……

友情是一种品质。这是这些天的一些感悟，友情不是针对某一个特定的人而言的。朋友说，看一个朋友最简单的方式是看他如何对待家人。友情是一种品质，所以不存在只对你一个人好的朋友，那更多的是依赖，更多的是维系，或是一种习惯罢了。

爱是花的开放，是芬芳，是闪耀光芒。爱不是展示最好的一面给你爱的人，而是，如花朵般绽放。没有花自责自己的不圆满，于是才会那么美丽。莲花探究自己是否美丽，莲花只是静静地开放。

责任，不是我告诉你的责任，而是你自己告诉你自己的责任。担当了，才有当下，才有自我，才有喜悦。人们总是努力寻找自我，但却因着寻找自我，反而遗失了自我。自我如梦如幻，越努力回忆越不知其所以然。不要尝试把自己阐述得毕露尽现，学会向着光明看过去，而不是在光明下审视无边的黑暗。

不要以爱恨的名义，成为别人的羁绊。人生的伤害不怕以恨的名义，就怕以爱的名义。因着爱，你让多少人与事变得面目全非，不忍目睹呢？如果你的爱是为了别人痛苦，这将比恨更绵延无期。**恨比爱长久，爱比恨更有力。**爱该是一张到达自由的通行证，而不是禁锢自己或别人的一纸判决书。

音乐与书籍。当我被音乐清空，又被书籍填充的时候，很快乐，很幸福，眼睛很明亮。学会拿画家的眼光去读懂音乐，以音乐的眼光看待绘画，让我得到更多的惊喜与快乐。

我知道我的终极使命是死亡，但当下，我有太多的使命。自己给自己的，别人给自己的，自以为别人给自己的。于是一个涅槃接着一个涅槃地前行，燃烧得自己筋疲力尽，幻化得千奇百怪，有些沉淀与烧灼的骨头还在就好。

而当下这一刻，品着茶，燃着香，安静地等待或安静地不等待什么。

春天不远了吧……

你穿的鞋是什么无所谓，脚上的泥才决定你是什么样的人

我想，朋友总是那个让你知道鞋上还有泥土的人，替你保养这双鞋的人，或是帮着你擦掉这些泥土的人。

有朋自远方来，大学同学。

时间是不是杀猪刀不好讲，但岁月一定是涂改液，总是怀疑对面坐着的人，恍如隔日，却又面目全非。承认面目全非了吧，却又有蛛丝马迹的亲切。

学生时代，他是风起云涌、畅快淋漓，一直感觉会在仕途的路上走得很完美，却因为自己觉得不能把命运交给体制，不能让自己的未来掌握在别人手中，选择了职场的各类辗转。

说起职场，只有大小的区别，形式却不一定决定内容。**职场有道德，但跟社会的道德体系不同。博弈加人性，永远是职场的主调子。**探讨完这些，我奇异于他职场经历为什么辗转这么多。

他说，**我们总是很在意我们的未来会不会更好或更糟，但忘了不是明天的好决定你今天是否留，而是现在的你是否有底线。**如果一个职业位置让你觉得，已经出现你不能忍受的底线，那不管它未来如何，你都该离开了。因为你永远不可能保证当下的自己是快乐的，这个跟是否有其他的offer没什么关系。

至于说机会，因为我们总是大而化之地看这个社会，条条框

框，自己适合的自己不适合的，这个跟按图索骥差不多。我们纵向地看我们的行业，平面地看世界。如果你有机会立体地看世界，就会发现除了距离产生的机会，一样有空间高低产生的机会，甚至会发现有些看似不相干的东西是重叠或是彼此有联系的。

倒没什么醍醐灌顶，无非是活在当下和立体看世界的职场解读模式，倒是什么是朋友这个值得自己多思量一下。

朋友在孩子时，玩伴罢了。可以一起玩，或是提供新奇的玩法、玩具，可以一起去冒险和做坏事，就是好的朋友。可以随时吵架，随时和好，朋友无非是另外一个自己，或是希望成为的自己。垂髫青梅，两小无猜，离别依依，转瞬即忘。

大些了，朋友是影子，是倾诉的对象，是狂欢的玩伴。你记忆深刻的朋友，要么是一起做过坏事，要么是你替他或是他替你背过黑锅。烦恼时最佳的垃圾桶，快乐时最佳的小喇叭。充满背叛以及和好如初，最支持你的不是你的朋友，但戏谑你最狠的却是朋友。你永远选择和你类似的，却永远因为过于类似而选择离开。

大学时代的朋友，第一次开始扮演角色，在群体里学习如何存在。张扬个性却随时比较周边，开始寻找玩伴之外心灵的相通，却因为各自的成长莫名来去。开始在纠结自己的独立存在，和朋友之间的距离和互动中寻找平衡。你不甘心在朋友圈里的角色，却永远无法选择换个模样，除非你选择离开。

你开始寻找有用的朋友，闺蜜也好哥们儿也好，你在定义自己的同时，也在定位他们的价值。可用的不可用的，有什么用的，你越分类越糊涂。闺蜜都是大杀器，哥们儿最擅长背后捅刀子，当你觉得他们有用的时候，他们自然会考量互相的付出。或许这样的互相杀戮，会持续一辈子。

最不需要朋友的时候，你总觉得朋友很多；最需要朋友的时候，你发觉少得可怜。你以为朋友可以交换悲喜，可以作为依靠，可以给你力量。却发现，朋友还需要经营，经营就有项目，就有费用，就有可能亏损。除了吃喝玩乐，你也不再追求是否懂你，因为连自己都不懂自己。

有那么一天，你发觉不像过去了，曾经朋友之间总是有人主动选择离开，不再是朋友。而现在，大家都很默契，不再联系，走着走着就淡了，淡着淡着就消失了。哪天遇到，却跟什么都没有发生似的，互相埋怨，却又继续离去。

当人生只剩下挖掘记忆而不是新添惊喜的时候，朋友却成了值得咀嚼的东西。人总是在不能随便咀嚼食物的时候，开始反刍咀嚼自己的记忆。朋友却又光芒四射地出现在记忆里，披着七彩的霞霓，证明的是你自己曾经的辉煌。

朋友真那么的不堪？那么的去留有意、得失无凭，还无法左右？

或许有一生的朋友，只是需要你确保自己独立的存在。当你的朋友和你，在记忆里都是独立的存在，不是依靠着共同做了什么、彼此给予了什么时，朋友或许就是朋友。在生命里，你观照他的成长成熟，包容他的成长成熟，承接他成长成熟中给予你的伤害。不再纠结彼此建立的友情里，谁的空间大谁的空间小，而是拓展这个空间。学会在友情里享受自己，分享快乐。

或许朋友也就是一个支点，让你可以借助着撬动你想撬动的人生，但永远别指望朋友帮着你建筑人生。朋友或许是个避难所，但你永远需要记住外面的世界还是需要自己去经历。学会在自己辉煌的时候拉着他到前台，在他辉煌的时候争取做个观众击节赞赏。或仅仅做一个彼此的见证，做彼此人生的见证者。

也可能，朋友就是那个镜子，他不告诉你你是什么样的，只需要你自己看你是什么样的。他告诉你他怎么想，选择总是你的，他会说：你的决定是你的，但我会支持你。他只会在你需要安静的时候告诉你，在你需要热情的时候点燃你，但永远不强制你。朋友总是那些若即若离，却又时刻可以感知存在的人，在你老去的时候坐在你身边帮你回忆自己。

朋友一直是平等的，因为对面的，其实是另一个自己。他告诉你世界在他的眼里是什么样的，至于你眼里的世界，不强求你，他是你另外的眼睛，你有可能经历却没能经历的。朋友探索的世界或许永远不会和你重合，却在经历上偶尔有点交集，让你可以多开一扇窗，打开一扇门。

曾经有个老师，告诉我：人生如何，即如你脚上的鞋子，你穿的鞋是什么无所谓，关键是你鞋上的泥土有多少，都是什么。

于是我想，朋友总是那个让你知道鞋上还有泥土的人，替你保养这双鞋的人，或是帮着你擦掉这些泥土的人。

有些人生的温暖只是因为你是有温度的人

人生的冷暖，让你明白永远没有地方可以逃避，包括你的亲情。有些人生的温暖，仅仅是因为你还能感知这个世界的残酷，自己燃烧自己。没有谁注定是要去温暖你的人生，或许人生的温暖总类似拥抱，互相取暖罢了。“爱不爱我”这样的问题，不是问对面那个渐渐老去的父母，而是值得你问问自己。

我习惯把自己描述成幸运的人，总是感恩这个世界给我的很多。

最重要的是，这个人生能给我不止一次机会。这也或许是给自己找些安慰，让自己在一次次的悔意里，还能继续傻呵呵地行进。钝感十足还善忘，这样的我偶尔就会显得痴嗫，这个跟外表如何关系不大，总是和经历有关。

曾经和夫人讨论自己的成长经历，夫人总笑话我，怎么活下来的，我却还活得津津有味。皮外伤不算了，一两岁上颚外伤，十岁的时候摔断过胳膊。形象基本是满身伤痕、凄惨万状、努力爬过这个人生，依旧乐观而勇气满满。自以为是斗士，别人却笑话成失败者的形象？

那天，回父母那儿，说起上颚伤的事情。妈妈是大肆形容了一下我有多可怜，鼻饲了大约一个月，那受伤时血流的惨状和后边病床上的可怜，还有病好后的狼吞虎咽。至于摔断胳膊，父亲倒是忽然有点愧意，大致说那时候家里钱紧，还有着不少的外账，也就没有去大医院打石膏。找的是个中医院，有点土法治疗，现在想起来还有点对不住我。

然后自己就觉得很有意思，上颚的事、摔断胳膊的事儿在学生时代，还很是我炫耀的资本，上颚的事情很恍惚，也就渐渐不得意了。但摔断胳膊这事，一是同学们都还照顾，另外就是自己也觉得是个可四处说道的经历。如今说起来，该是真的蛮惨淡的。人总是害怕自己被这个世界将就着对付，起码这个胳膊摔断说起来算得上。

然后就想起另外一件事，上大学，或许是父母教育得当，接到通知书，我就压根没有想过谁能送我。从没有出过那么远的门，背着箱子就出发了。送别的站台除了妈妈有点泪光闪烁，自己虽有些懵懂忐忑，也同样斗志昂扬地去了。

真到了宿舍，才发现，宿舍六个人，就我一个是孤零零地来了。逛个校园，熟悉一下饭堂、教学楼什么的，要不是自己方向性强，保不齐成了游魂野鬼。自己倒是居高临下地鄙夷那些同学，觉得成长总应该自己独立去做，几千里的路，自己搞不定吗？也或许只有这样才稍微安抚了一下自己的内心。

然后突然就惶恐起来了，开始感谢自己，感谢冥冥中的神灵没有恶意诱惑我。这些曾经的小坎坷，或是别人认为的伤痛，自己幸而当时没有那么的悲观，向着负面去推导和铭刻。反而是快乐而自得的，变成自己可以云淡风轻炫耀的资本。

要是我懂事了，会不会诘问为什么父母没有很好照看我，让我那么小受了那些苦，虽然我不记事，但你们也不能那么大意啊。或许我也会问，为什么不去好好看看我的胳膊，那可是右臂啊，落个什么不便，这可怎么好？钱比我更重要吗？上大学，几千里地，我孤零零的一个人，先别说我能不能担当，就那种孤独感，对我的心灵那残害得血淋淋的，你们到底爱不爱我啊？

还好，这一切都没有发生。**有些东西当时没有发生，也许就永远不会发生。**

我只会记得，小时候总是一个月左右就发烧一次，我总是赖在妈妈的怀抱里或是非得妈妈背；

或是父亲让我明白，读书是多么值得的事情，甚而差不多一个月工资，买了一套《辞海》，留给我把它当书读；

因为便宜买的自行车骑得不舒服，父亲将车子拆成零件，一个个重新装配和打磨，然后利利索索地交给我；

父亲告诉我，优秀是一种习惯，坚持优秀比偶尔优秀简单得多，让自己必须优秀却又不觉得值得骄傲；

在家里打麻将，妈妈和父亲都让你和朋友们先尽兴，然后才告诉你，这个不应该，未来再也不要；

在我叛逆时，夜不归宿两天，父亲是让我洗漱完毕，吃饱饭，再坐下慢慢给我讲他的担心；

在他们老去的时候，我还可以做个孩子，要妈妈做我爱吃的，而他们却吃得简单到不能再简单；

现如今，我的孩子还会天天和他们在一起，他们重复着又一轮的养育……

于是我想，**或许一个好的父母，就是永远不会让你问出“你们到底爱不爱我”这句话。**我没有问过，估计未来也压根不会问。

或许，**家庭就是让你用来长大的，你永远不能决定你是从哪里来的，但你能决定你往哪里去。**但我们总是质疑为什么我从这里来，因为从这里来所以我不能到我想去的地方。我们从来不怀疑自己的能力，能不能到我们想去的地方，却永远埋怨我来的地方是我不能幸福最大的原因。

总有一些东西你得不到，总有些时刻你被忽略，总有些事情不会按你的想法达成，总有些你的失意是因为出生在这个家庭、你的父母是他们。你寻找最多的理由，别人的家怎么样，别人的父母怎么样，别人拥有什么，别人多么的天资聪颖、美丽俊朗，别人含着金汤勺出生……仅仅是小事的不顺意或是什么没有得到，本不值得你问出是否爱我。但你却比较别人有多爱他们的孩子，却从来不去发现你的父母有多爱你。

你去求证他们爱你，和证明他们不爱你差不多。有些爱可以说出口，但不需要证明。其实，你不用寻找蛛丝马迹去证明他们爱不爱你，因为每一次的证明都是证明你不爱他们。当你拿一切可以比较计量的东西，去验证父母的爱，其实那一刻不是他们不爱你，是你已经没有爱，已经放弃爱。是你没有爱，那这个世界有没有爱，也无大碍。

你倒是值得怀疑自己，为什么盘问自己是否拥有爱。当你诘难为什么别人只爱自己不爱你，却忘了其实无非是说，你也只爱自己。你很在意分到了多少爱，却怯于想想这或许是你能得到最大的爱。你不需要感谢你的父母，却应该感谢你拥有这样的人生；你不必纠结这个世界是否残忍，却值得为父母的爱留心留意。

这个人生的冷暖，让你明白永远没有地方可以逃避，包括你的亲情。有些人生的温暖，仅仅是因为你还能感知这个世界的残酷，自己燃烧自己。没有谁注定是要去温暖你的人生，或许人生的温暖总类似拥抱，互相取暖罢了。**“爱不爱我”这样的问题，不是问对面那个渐渐老去的父母，而是值得你问问自己。**

有些爱，你可以感知，却永远无法合计。有些爱，你时刻埋怨别人爱不爱你，只是为了让别人更爱你。有些爱，你以为压根就没有，但你还是不停地要。有些爱，你从来不担心会失去，哪怕你知道自己什么付出也没有……

这一刻，我和妈妈坐在客厅里，我喝着茶，她安静地坐在那儿。妈妈已经老了，耳朵早就背了，但是她有特异功能，我儿子叫她，不管声音大小，她总是能听得见。

现在，看得出来，她在安静地侧耳倾听。

人生寻不到另一半，只能拥有活生生的婚姻

婚姻从来都是一个活生生地混着两个人血肉的生命。人生不是寻找属于自己的另一半，而是寻找那个鲜活的生命。

“德叔，你要是没有结婚多好。”

“我没结婚能成现在这样？”这样的问题，倒是可以直视那些无瑕而清澈的眼睛。

澈净而火辣辣的眼神，年纪到了，也就怕了。这个类似受惯了茶的浸润，忽然一杯咖啡端上来，知道很好喝，但精神和肠胃怕是受不了。远不似青春时，恨不得尝尽人间滋味。

一直没有觉得自己成熟，等别人德叔长德叔短叫的时候，自己都不得不变得“大叔”点。睿智、淡定、担当、有趣的人，而不是有趣的事、充满经历、假装思想者、自嘲而且嘲弄人生、不计较、成功、失败后重新开始、与世界和平相处、物质、实用、技巧，等等等等。

危险而有趣，充满可见的已知和不可见的未知，这样的玩意儿是值得把玩。萝莉很纯情，大叔很危险，但是很流行。流行的东西，永远寻找不到真相。因为我们总是为流行寻找太多解释的理由，理由越多真相越远。

婚姻被描述成爱情的坟墓，那喜欢大叔的都是恋尸癖和盗墓人？还是婚姻压根就是围城，每一个萝莉喜欢做特洛伊的木马？还是大叔都是僵尸发作，出来一定要生噬鲜血？或是围城之内，皆是

奋勇之士，足可以万种风情，任谁都抗拒不了的豪情加温情？

原先总觉得看到蜜桃成熟，只干下山摘桃子的事情，总有点不厚道。但后来发现这个跟是否愿意培养成熟、等待成熟关系不大，更多的是畏惧爱的结果。爱总是要爱的，衣食无忧就需要爱去滋润一下。但爱的结果是婚姻的话，这个爱就有点怯怯的裹足不前。

爱情很美妙，婚姻如枷锁？**人生要是一场旅行，爱情无非是遇到一个同样旅行的陌生人，婚姻无非是决定同路走下去，互相牵绊。**

那你是寻找那个在那里等你的人，还是指望两场不同旅行的邂逅？遇到了，是重新规划一条两个人共同走下去的路，还是自顾自能同行多久就多久？最多迁就一下对方，慢点走或是快点走，努力坚持？还是，总有一个人被裹挟着往前走，走不下去坚持不了再说？也或许是在哪儿遇见，把一个人彻底埋葬，一个人背负着另一个前行？还是就此画地为牢，在遇见的当下放弃旅程，建筑婚姻生活？

也可能，婚姻就是一场赌博，压上自己的身家性命，可惜不知道坐庄的是谁，赢了也要和对面的人分享；输了却被不知名的庄家劫杀了一切，剩下两个不知道输赢却一文不名的赌徒？还是只要赌注在，正常的话赌博都会延续下去？

抑或，爱情就像一个传教士，把婚姻描述成绝美的未来、美轮美奂的天堂，等你进入了，才发现爱情根本就不是什么传教士，纯属传销人员。卖给你最差的产品还不能给差评、退货，忽悠的长久利益要等你去劝说更多人接受婚姻，等你老去寻找到下线才能得到。

还是婚姻就是上帝的小把戏，为了让你无暇研究上帝存在应不应该，还能给他的动物园多增加点戏剧性、增加点演员，好把世界的喜剧，变成无穷多的可能，肥皂剧、悲剧、黑色幽默、史诗剧、歌剧？而且还要诱惑着你，拿孩子当作新添角色，让你演烦的时候，可以换个角色或是自娱自乐？

还是因为你有信仰，就必须修行？有理想，就需要苦行？婚姻若是爱情的梦想，那面对婚姻，你就必须如修行般地踯躅前行？清规戒律，古寺燃灯？春来暑往，秋收冬藏？遵循仪轨，八戒十诫，六道轮回？前世业今世消，前世缘今世续？……

婚姻总是没有什么东西可以做恰如其分的比喻。上帝是个懒家伙，以为造出了爱情就可以收获婚姻，也就没有设计婚姻的模板。却没想到，人类太聪明，彻底搞砸了婚姻，也顺带把爱情埋葬了。

偶尔想，纠结婚姻是什么的，都不是婚姻的好学生；老纠结婚姻像什么的，也无非是婚姻不像自己想象的模样。及至明白，你的婚姻就是你的婚姻，跟谁的都不一样，或许也还清明些、淡定些。

我想，爱情来的时候，激情碰撞，绽放出人生最美的花朵。有些花只会开放，燃尽一切精神，摇曳而怒放。而那些会结果的花儿，却总是不那么夺目，偶尔有点香气，只是为了未来的果实。当你选最美的花，或是选择最美的开放，迸发出最大的精力，或许也没机会见到果实的成长或是只会收获羸弱的果实。

不要太美，只要将将的美丽。心甘情愿地凋谢，把枯萎当作另一次绽放，将果实当作另一次生命。不是爱情走了，婚姻来了；而是爱情美了，蝶变婚姻。没有改变的不是婚姻，没有成长的也同样不是。**婚姻不是人生，是个永远不会成熟却需要永远成长的东西。**

外面的世界很残酷，也或许很温情。阳光雨露或是酷暑严寒，可以让你苦痛或是病恹恹。但只要你还在枝头，婚姻能不能成长下去，依靠的是枝干有多么强壮，根有多么深远，你愿意拿多少的血肉去浇灌她。当婚姻里的两个人，都把自己的血肉变成枝干、根、果实，**婚姻就是活生生的一个生命。**

当婚姻变成一个活生生的生命，你也就明白，你不能左右她的意志，你只能依靠你的付出，对她产生引导和影响。她充满孩子气，却又纯真而好奇，她胆怯却又充满探险精神，她畏惧责任却又充满担当，喜欢惊喜却恐惧未知，寻求安全却又厌倦平淡，随时计较却又无畏付出，自私而戒备，却又善良而善忘……

谁把婚姻当作一个结果，而不是一个开始，谁都会收获彻骨的悲伤；谁把婚姻当作两个人的事情，或是一大群人的事情，都会疲于奔命，婚姻从来都是一个活生生地混着两个人血肉的生命。**人生不是寻找属于自己的另一半，而是寻找那个鲜活的生命。**

“德叔，都说婚后两个人，就像左手摸右手，都没感觉了呢？”

“是啊，左手摸右手，你要有什么感觉？但是你要明白，你试着把手剁了再看？”

第八章　总有一颗类似的灵魂与你相遇

放下无关的幸福，找到有关的自己，下一站，幸福与你有关，人生可以更精彩！

有些路你不走下去，
就不知道它有多美。
可无论如何，
人生就是这一连串的生命体验，
经历过的，
才是属于你的故事；
走过的，
才是属于你的人生。

同桌的你　玉兰花开

我们被同学们笑话着，我们也解释着，鄙夷着，还好，那个年纪的叛逆，我们如旧地学习生活着。天很蓝，云很白，春天很美丽，我们很快乐，玉兰还在开，我喜爱的梨花也总是满枝满树……

玉兰花开了。

不晓得哪位文人起的名字，贴切得一塌糊涂。美若兰，香若兰，质似玉，态似玉……开在叶前的花，有时单薄有时繁复。梅花有些担不住报春的寒意，迎春喧闹着有些自顾自。

这儿有一树玉兰，花静开，开者自我。立于树下，花香隐约，花开得层次错落，花开也如春天般的丰富，姿态各异。玉兰开起来是画中小品，胜在一枝一花。玉兰最是心中的美妙，开毕就一年的悠然绿色。墙角迎春开得喧闹，落英缤纷但不美丽，不如玉兰偶尔的坠落，雅致而纯真，落在初绿的草地上，微微地跳起，悠然地躺下……

忽而想起中学的同桌。一直奇怪，记忆里的中学时代，没有阴冷与晦暗，总是阳光明媚似的，于是总是怀念而快乐地咀嚼回忆。那时，我们班的窗外就有玉兰，春天到了的时候，自己就会偶尔沉浸在一方蓝天里的那树玉兰。同桌是教师子弟，于是偶尔中午回去会洗发，一条大辫子，洗后只好也只能松松地扎着，于是香气就会弥散开来。那个时代的女生，没有那么香气袭人，清汤寡水的，致使如今的我也对香水过敏着……洗发后的香气携着体温，在初春的空气里慢慢填充，忽而时间就慢下来。

自己不算是好学生，聪明有些，成绩不错。上课不安心，老是一心二用。那时的同桌，标准乖孩子一个，经常耐心教导我，应该如何做一个合乎规范的好学生。但我总拿我的成绩气她，她很无可奈何却依旧不倦教导。

我没有存留过她的照片，看着自己那时的照片，总是觉得很可笑。还好，庆幸那个年纪那个时代，对外表真是淡而化之，没有物质的比较与所谓修饰的美丽，感觉纯洁而活跃。那时的照片如今看来，蛮可恶与丑陋的样子，头昂着，背驼着，手脚乱放，双肩永远左右倾斜，头发凌乱——要是我的孩子，我会收拾他……还好，还好，大约那个时代我们都一样吧。

那时她的辫子好长，大约到了臀部，粗粗的，很好玩。我经常自己用橡皮擦擦作业，剩余的渣子，恶作剧地拿她的辫子扫，总是被她恶狠狠地夺过辫子，很是努力地瞪我一眼，看我笑，有些无可奈何地把辫子甩到前面护着。我也就老实起来，拿着她的铅笔盒打开合上，合上打开，她总是无奈地看着我，似乎我是从外星球来的，怎么这样的学生会存在于她的周边似的。

我的铅笔她会帮着我削，女生那种削法，细致而尖端无限犀利，放在我的铅笔盒里，无数次地折断，她也会努力地帮我再次地削，甚而后来帮我拿纸折叠铅笔的套套，但被我一次次地随便遗失，她也只好继续削，今天想来不容易。

下课我总会一股脑儿地把铅笔盒、书、本子扔进抽斗，等再上课，再埋头翻找，乱之又乱，于是她自告奋勇地上课前帮我拿出，排布好。至于每天的课程，忘了拿书，她会自觉地将书放在中间，也不示意我看，只是偏着身子，眼睛绝对只会盯着黑板。我自己会觉得自己理亏，小心翼翼地认真看，但不待几分钟，我就开始用我的学习方法了，我上课只听前10分钟，后5分钟：前10 分钟，老师会讲上节课的内容，这节课要讲什么；后5分钟老师会总结这节课在讲什么，重点是什么。至于中间除了讲例题我会看看，其他时间会翻书向后看，老师讲到的时候也好有个感应。于是，就看我们可乐吧，一会儿我往后翻，一会儿她往前翻，我是气得骂她笨，她就有些委屈地含泪，我也就只好做些别的小动作。我也晓得不一会儿，她会主动把书拿给我的，胳膊肘碰碰我，我也就会意地拿起书，不过这样的时候看书会很快而效率高。这样的情况我也不会清闲，因为她会埋怨因为我上课没有听懂，自习时会要求我讲解，还好自己的聪明帮了自己，讲起来还算清晰明了，其实现在想来，多亏有这个要求，我上课也会专心些。

她偶尔会拿好吃的给我，让我觉得跟一个女孩子关系搞好很划算，因为偶尔问她借些饭票，是不用还的。我有时笑着说自己，借钱不是用来还的，每回她都会笑，给我些，还问够不够。她是那个年代唯一不记我的借钱数目的人，而我节省的饭钱，会去游戏厅什么的地方花掉。

她挺在意我说她的衣服，偶尔我会不喜欢她穿的衣服，觉得颜色不好，款式在那个年级是没有审美的，她会告诉我其实很好的，理由很多的，但我会告诉她，衣服就是不好看，理由再多也是不好看。她气得脸通红，她皮肤一直白，少有红润的感觉，但气起来脸上泛起来红晕，眼睛亮亮的，很漂亮。于是，有意气她，在她要哭前，戛然止住态势，最好让她破涕为笑，很好玩。后来，给她讲起来，有些时候是故意气她，她倒不生气，只是问，生气会漂亮吗？我很一本正经地告诉她是，她就笑起来。那一刻的她，现在想起来很美，那时的自己只会偏过头，看窗外的春天，清晰地感觉到她的目光柔软而温暖，轻轻地落在我身上，自己的手心有些汗意了……

学校有紫藤，在春末的时候开得灿烂。课间我会偷摘一束，上课铃响冲入教室，扔在她的桌子上。别人会笑，她会低头，我大大咧咧，她快速地放入抽斗，上课时就有花香，就有她走神，她走神我会扯拽她的辫子，拉她回上课的状态，她笑着脸红，比气着脸红时更美丽，只是眼睛不那么亮闪闪。

她会在我的铅笔盒上贴贴画，把我贴上的仔细地揭掉，贴上她感觉漂亮的。那时流行的是射雕，至于她贴了些什么，揭掉了什么，如今已经没有记忆了，只是记得她努力地做，一点点地揭，并用橡皮认真地擦，一点点地粘，指头细致地消除褶皱，并用圆规的针去扎气泡。然后炫耀地给我看，等我的夸奖。我总是淡淡地看，板着脸审视，牙缝里挤出“不错”的评价，然后等着她满意地笑着说讨厌。

我们没有所谓的三八线，很多同学，恶作剧到拿着圆规冲着同桌，一经越线，惨痛而记忆深刻，剑拔弩张。我们没有，我随意地占据桌子的面积，但也绝不影响她的学习，只是在自习最无聊的时候，有意碰她的手肘，让她无法写字。她明白似的，收起笔，像对小孩子般地问是不是我又无聊了，然后与我有一搭没一搭地闲聊，小声咕唧，聊一会儿，叹口气，该学习了，她说。我就识趣般地骚扰别人去，或者自己走到最后一排，与别的同学继续神聊。她总在问我为什么我作业做得那么快，我笑着说，因为你管着我啊，她气得笑，就说聪明不能当饭吃的，现在想来说得真对，她会认真地做作业，备课，预习，做作业，准备考试……我依旧无所顾忌、无所事事，青春无知在春天里。

我的文笔很好，那时就很好，于是曾有那么一段时间，她缠着我写些东西。记得写过一些做作的东西，短得可怜的句子，她看起来很高兴，让我写在她的语文书的扉页上，偶尔晨读的时候，她会读，我会制止，有些纠缠，她也有明显的失望。女孩子的失落，很容易蔓延，我自顾自地读古文，但心也有些不忍，就逗她，继续扯她的辫子，她恨恨地摆着手打我，我也就看着她笑，于是她也会笑起来，不耐烦也认命的感觉。

她说过，我挺好的，我问为什么。她说，每一次上课了，她进座位，我会站起来让在一边。那时的学校是一张桌子两个人，一条长凳。别人通常都是挤进去，我没有让她挤过。这点应该做的，她倒是认为很重要。我也从来没有恶作剧地在上课起立坐下时，把凳子踢开，让她跌倒。

她的手很漂亮，这一点我记忆深刻，指甲很整齐，手看起来柔软而质地纯洁，还是孩子，手上会有窝，很规整很顺眼，细腻而白皙。偶尔会触到，都会闪电般地躲开，我尴尬地笑，她脸红抿嘴，手绞在一起。

春天课间跑得多了，坐在座位上，会下意识打开领口的扣子，女孩子的气息会淡淡地被鼻子捕捉，笑着说她的汗味重，臭臭的，她会打我，打得很狠，很疼。自己歪了嘴，她气冲冲地说活该，我会看到她额头微微的汗，女孩子的额头还有淡淡的绒毛，有些呆呆地看，她会突然间关心地问，是不是很疼，说对不起，说了几遍看到我没有反应，看到我开始咧嘴要笑，气得一节课不理我，任由我扯她的辫子当扫帚或折腾她的铅笔盒。下课了，才恶狠狠地告诉我，我很讨厌。我知道还愿意跟我说话，就还没有很讨厌。

我们被同学们笑话着，我们也解释着，鄙夷着，还好，那个年纪的叛逆，我们如旧地学习生活着。天很蓝，云很白，春天很美丽，我们很快乐，玉兰还在开，我喜爱的梨花也总是满枝满树……

后来呢，后来？升学，调班，我们不再在一起了，她的英语很好，妈妈是英语老师，我英语很烂，至今都很烂。

春天消逝了

玉兰，一株白的，一株紫的。紫玉兰总是比白玉兰开得晚，于是可以享受差不多二十来天的花期。及至紫玉兰也要败了，抬眼看，春天真的来了，除了花，除了衣衫单薄，除了满目绿色，除了暮色始晚，还有内心也被叫醒了。

春天在何处来，又消逝在何处？

城市因为人们的刻意，春天刚刚有点抬头，花儿就随处可见。我住的城市原本是以树木众多而见长。现如今，很多静穆的树，因为不会开花，都被换成那些可以开花的树了。

偶尔我就会想起，龚自珍的《病梅馆记》：“梅以曲为美，直则无姿；以欹为美，正则无景；以疏为美，密则无态。”龚自珍深以为恶，龚先生认为其弊源自“文人画士之祸之烈至此哉！”。自自然然地生长，自然满足不了闲情逸致和自以为是的美学，矫情而多愁善感的学识，于是病梅丛生，众人皆附之。

其实如今城市的春天，也是病恹恹的了。

儿时的春天，有的是在跟父母斗争许久后终于脱掉厚厚冬装的嬉闹里知道；有的是校园那个当作钟的一节铁轨敲响后的蜂拥而出里知道；有的是敞开的胸怀和汗滴细密潮红的脸和闪亮的眼睛里知道；有的是终于见到除了灰麻麻的麻雀外的鸟儿叫声里知道；有的是空气里不再是浑浊的味道可以开始辨析土地、青草、雨水、温暖的汗味里知道……

及至大些了，什么时候望着窗外，白云游走，天空澈蓝，开始恍惚地走神思念的时候；忽然一鼻子的花香，或是一眼的草青柳绿的时候，晓得了春天的消息。那时的春天似乎总是有着惊喜给你，因为花儿总是次第着开，衣服总是次第着减，暮色总是次第着晚，连心思也是次第着活跃起来，那是被春叫醒的时代……

如今，春天因着某天的阳光和煦似乎就来了，满街的女人绽放开来，美丑不谈，但必然刻意。现在的我才知道，花儿是可以一起开放的，梅花与迎春、与杏花、与桃花、与玉兰、与梨花，竟然闹哄哄地一起来了。**是我们开始叫醒春天了，再也没有春天叫醒我们的时刻了。人开始用刻意的春天满足自己的欲望了。**

一直蛮纠结于到底是命运驱赶我们，还是我们驱赶生命。时间被自我加速，我们还乐得在里面自以为是的美丽。那时候的冬天还是清冷的，还看得见银河，那时候的春天是慢慢走来的，还分得清自己爱着的是谁、是什么。现在的春天是我们投机来的，我们以为看到花儿就是春天来了，我们以为女人绽放了就是冬天走了。**欲望战胜了时间，眼睛欺骗了内心。**

“天街小雨润如酥，草色遥看近却无。最是一年春好处，绝胜烟柳满皇都。”那时的春天反而清晰而确凿吧，如今的花团锦簇反倒费人思量。我们知道寒冷从哪里来，我们已经不知道春天从哪里来了。我们把自己的内心藏起来，拿着外表去绽放。城市是一场战争，恐惧有时候大于死亡。“未知生焉知死”，春天不知道从哪里来，春天也就不知道怎么流逝。

前些日子拜访了一个法师，据说是佛学院毕业的，云游挂单的师父。**我问他，如何佛法可精研如此，他说：“因为我的眼睛不好。”一时风清天阔，温润暖心。是啊，很多东西看不到、看不清、**

分不得，只好用心感受。

万紫千红也好，一枝独秀也好；满园春色也好，红杏一枝也好；暗香浮动也好，墙角数枝也好；柳色烟笼也好，梨花满树也好。该来的时候来，该去的时候去，夏天来的时候就是春天消逝的时候吧。

不是你的眼睛决定春天来了或要走，是你的心感受春天的来和春天的走。不是女人的绽放或暴露昭示着什么，而是你有些胀胀的肌肤，蠢蠢欲动的心思，要舒展自己的小心思让你知道春天来了。

我们在这样病恹恹的春天里臆想春天的到来，绽放外表有时候倒是心的瑟缩。这样的城市、这样的春天、这样的绽放、这样刻意的春天，我真的不喜欢。

大学时，很喜欢一座教学楼后的玉兰，一株白的，一株紫的。紫玉兰总是比白玉兰开得晚，于是可以享受差不多二十来天的花期。每日刻意地路过那里，及至紫玉兰也要败了。抬眼看，春天真的来了，除了花除了衣衫单薄除了满目绿色除了暮色始晚，还有内心也被叫醒了。

爱的闲言碎语

"那好，记住，不管你听不听得到，我会一直说，我爱你！"

其一

他从来不说，"我爱你"，在她如玉兰般绽放的年纪，他是那些街头巷尾摇着膀子横行的人。他是从太多的追逐者手里，把她抢过来的。有武力，有心思。他伤过，身体和心理，但她最终还是选择了他。

因为她总觉得，花总是需要藩篱的，这样会少很多的践踏；美丽，总是需要欣赏的，哪怕是一个不美丽的人欣赏；时光总会衰老某个人，但付出越多，他或许会越爱吧……

她等了他一辈子说"我爱你"，他沉默了一辈子。在任何时候任何状态下，不管她如何的花招百出、威逼利诱，他都没有说过。

男人或许注定要比女人先走吧，他唯一一次需要照顾的时候，是他要走的时候。

"你就真不能说句我爱你吗？"哪怕周遭孩子们异样的眼光，她还是要在这谁都会认为不合适的时候问。

"我不知道该不该说，我想，'我爱你'说出来，我就应该陪你到底的，但是我知道我不会陪你到底，我走在你前边，我就不会说我爱你。"

他真的从来没有对她说过"我爱你"，她也突然无所谓了。

其二

这个小崽子出生就会笑，虽然他在妈妈的肚子里没有少折腾妈妈，那出生的一笑，值了千金，妈妈觉得自己很值，那些痛苦也很值。

笑是不是也会伴着噩梦，在别人牙牙学语、蹒跚学步的时候，他依旧笑，依旧闪着明亮的眼光，但是医生的眼睛告诉她，灾难来了，脑瘫。

老公走了，她不能工作了，医疗也就是个心理安慰。会走路了，虽然有点奇怪的样子；会说话了，哪怕先叫的是那个已经离开的“爸爸”。别人异样的眼光，并不影响他黑色的深不见底的眼眸，笑着的快乐。

可是她好累，好累，眼泪抚慰的已不是伤口，而是麻木。时间没有尽头，生命不曾改变，今天和去年的今天有什么区别呢？今年的今天和明年的今天有什么差异呢？

十岁了，一天，他突然扳着妈妈的脸，眼睛直勾勾地看着她，还是笑，还是深不见底的黑色眼眸，他说：“我……爱……你……，妈妈。”

这是她的儿子，这是她幸福的一天，也是她的未来，她的十年，她未来的未来的今天。

其三

“我爱你。”

“我也爱你。”

“为什么是也？”

“你说我爱你，我就说我也爱你啊！”

“不行，我说我爱你，你就只能说我爱你。”

“哎，不讲道理哦……”

“你说过，允许我不讲道理的，你必须按我说的说。”

“好好好，按你说的说。”

“我……爱……你！”

“我爱你。”

“不行，没有感情，看着我说。”

“好好好，看着你说，我爱你！”

“不行，这还要我继续教你啊，是，我……爱……你……”

“我……爱……你……”

“这还差不多，我上床去看电视。你上网不要太晚啊，睡前洗澡。”

电视剧很好看，网络游戏很好玩，夜深，明天又是新的一天。

其四

幼儿园，亲情教育，“我爱你”是最美的词汇。

囡囡从爸爸接她的那一刻，就不停地说“我爱你”。

“大马路，我爱你。”“小树，我爱你。”“红绿灯，我爱你。”“警察叔叔，我爱你。”“冰激凌，我爱你。”“狗狗，我爱你。”“小鸟，我爱你。”……

爸爸，笑着跟着，世界似乎也很美好哦。

除了狗狗的回应，和警察叔叔的诧异，其他的还真没给囡囡什么回应。可是，囡囡觉得很好玩，最美的词汇，似乎说出来的人就很美丽似的……

街边有个乞丐，在这里盘踞好久了，很生活很惬意得好久了。

囡囡一直有点怕他，可能是今天拥有了最美丽的词汇，觉得气势满满吧，连蹦带跳地跑过去，“要饭的，我爱你”，然后继续蹦跳着，找寻下一个“我爱你”的对象了。

爸爸有点呆，乞丐有点呆。忽而，乞丐那双眼睛亮了起来。

其五

他对孩子超级严厉。

他对爸爸一直敬畏。

当敬畏和叛逆旗鼓相当的年纪，他们选择的是沉默。

每年，他们都会去爬一座山，从他五岁就开始了，跟风雨无关。

他要离开这座城市了，去外地上学。于是，他们爬山。

山早已经不高了，水还是那水。

山顶，他问："爸爸，你从来没有说过你爱我，你爱我吗？"

云很白，风很轻，天很蓝。

树沉默，他沉默，心里想：

"我不会说我爱你，我只会心疼你。"

忽而，一只鹰盘旋过来，孩子忘了问的什么，看着天空，有点想掉泪。

其六

他信佛，因为他自己信，讲慈悲。

她信天主，因为奶奶信，讲爱。

他信轮回，她信善恶。

他会说："我爱你，因为轮回里遇到，应该说。"

她会说："我爱你，因为善良有爱的人，会升天堂。"

他们必须分开，因为很多很多很有道理的道理，不得不的原因。

他说："我爱你，因为未来我不能说出来，只能在心里了……"

她问："我爱你，在心里说，还是爱吗？"

"我爱你不是一句话，说出来真的很容易。但是只要你自己还存在，不管是否轮回，你还有爱的能力，在哪儿说不是一样的吗？"

"那好，记住，不管你听不听得到，我会一直说，我爱你！"

父亲

父亲安静地听，在陈团语无伦次、醉酒般翻来覆去说到三四遍时，突然温暖地看着陈团，说：我一直在做自己喜欢的，那就是和你一起长大。

这个冬天在陈团看来，一点都不本分，京津冀在雾霾里成妖作怪，安静而模糊，总是暗暗隐匿着什么似的。

从天津奔着家里去，河北在瞬间就进入行程。河北的城市都是一般模样，些微的差异除了浸润在里面过活的人明白，其他人是体谅不来的。陈团的父母亲和七大姑八大姨、爷爷奶奶姥姥姥爷们如水地在家乡继续着他们的宿命。

因着从小和父母长大，其实奶奶辈的在陈团这儿，除了压岁钱和无尽的吃食和玩具，印象不深。倒是工作后唯一在家流泪，是姥姥拉着陈团的手说，她一定锻炼身体，保证能看到陈团的孩子出生，一定会替陈团带孩子。那一年陈团刚失恋，在老人面前哭了，那种克制的流泪让陈团很难受。姥姥为陈团的孝心感动着，满意地抚着陈团的头。

父亲病了。

第一眼，陈团突然就悲伤起来。此时的父亲，像极了镇上庙里的四大金刚，因着年久失修，岁月把颜色和肌理侵蚀，只剩了威猛的气势和架子。依着母亲说，是因为姥爷脑血栓再次发作、奶奶摔伤、爷爷小脑继续萎缩，事情堆到一块儿了。按部就班的生活，突然忙乱起来，家里就隐隐地泛着破败的兆头。父亲照顾老人再加上睡眠不好，似乎整个人有点要垮。夜里总睡不着，些微动静就醒了，不止一次在深夜坐起，沉重地喘息。那种压抑弥散得让妈妈觉得，生活都没有希望了。

陈团突然慌起来。

父亲一直很健谈和开朗，这次有点蔫。看着陈团带回家的大包小包，笑得很浅。倒是拉着陈团去各个老人那边都走了一圈，话里话外见一面少一面的担忧。问过陈团的生活后，笑着说你的生活蛮有奔头要坚持，我老了也就这样了，然后就是更多的沉默。一个健谈的人沉默的时候，一个从来不追问生活意义的人问起生活是必然还是偶然的时候，陈团慌得只有拿着不去工作当作威胁，拉扯和硬拽着他去检查身体。

跟医生干了一架。

陈团觉得是更年期和压力，造成的身体不适，应该还有点抑郁和身体机能也差了。医生说，就是高血压和身体需要适度锻炼、饮食注意。从清晨到下午，排号、检查、仪器轮番整，仅仅得到这些简单的回复。陈团憋不住了，从客气地问医生您再看看，把情况再三描述，生怕丢掉一点细节，甚至说得更严重，火大得不管不顾的，一直到医生忍无可忍地说让他出去。父亲倒是自始至终扯着他，跟医生赔着软话、笑脸，拉着陈团的手唠叨陈团："我没事，你看你看没事吧，医生都说没事了。"

父亲老了？

回到家里，父亲给陈团说，他没事的，他太知道他自己，歇几天就好了。陈团给他讲了一大堆生老病死，退休后应该怎么样，应该身体如何、心情应该如何、生活应该如何，应该做那些对自己有意义的事情，balabala……还有一大堆讳疾忌医的掰扯。父亲安静地听，在陈团语无伦次、醉酒般翻来覆去说到三四遍时，突然温暖地看着陈团，说：**我一直在做自己喜欢的，那就是和你一起长大。**

愣住，陈团瞬间感觉自己败了。

浑身的肌肉紧缩起来，呼吸跟不上了，停了。救命般地再开始呼吸时，陈团终于开始哭。陈团知道自己跟医生急是因为自己想说他们无能，不是自己不努力。陈团知道跟父亲balabala那么多，不是告诉他要怎么，是要告诉父亲自己还在爱他，自己还在，一直都在。哪怕其实自己知道自己其实不在。父亲的手轻轻搭在陈团肩上，说：你放心，好好活你的，这么一大家子的，垮不了的。

恍惚里，父亲搁在膝盖上的手，使着力攥着。微蓝的血管凸起来，几个老年斑扎着眼。

春节祥和。

原来刻意一样可以很快乐很温暖，陈团努力去维系这个家庭的气氛。礼物送来送去，大包小包，欢聚出游。陈团试着牵着每一个老人的手，替他们整理衣装。试着温暖着直视他们的眼，老人的手都温软着，眼睛浑浊着，因着他偶尔闪亮一下。学会挖掘他们回忆父亲过去的细枝末节和自己光屁股的一切欢乐。这样的温暖，温暖到自己上瘾，上瘾到自己想逃离。

父亲扮演的角色依旧那样的稳定和让所有人心里踏实。或许因为陈团的回来，睡眠也好多了，隔着墙又能听到呼噜声了。

要离开了。

河里的冰都开始融了，陈团也要走了。母亲准备了太多的大包小包，收拾到很晚躺下。侧耳隐约听到爸爸的鼾声，但陈团睡不着。

陈团莫名想到一部车，他载着一大家子奔未来，没有目的地也以为谁都不会中途下车，很顺遂很顺畅。磨合期过了，稳定得让你忘

了他是谁。突然一天，吱吱嘎嘎起来，怎么摆弄你都觉得别扭，甚至你觉得这车要放弃你。开车的慌了，坐车的慌了，该下车的也继续撑着。父亲的旅途，永远没有尽头。

没有谁的幸福是靠着别人，但父亲的是。陈团突然很明白自己这么若即若离地活着是为了什么，因为他自己是父亲幸福的一部分。因着陈团的幸福，妈妈的幸福，爷爷奶奶姥姥姥爷的幸福，父亲幸福着。因着大家的幸福，父亲可以堂而皇之地放弃一切，包括他自己。

开始。

陈团混乱地睡着，直到早上开门关门的声音。过去的每一次离开，父亲都会借故出去一会儿，陈团也习惯了。默默起来叠了被褥，跟厨房里准备早餐的妈妈有一句没一句地闲聊。第一次跟妈妈叮嘱事情，而不是听她叨念。

钥匙开门的声音，陈团出来接，父亲回来了。“外面下雪了，我去给你买了驴肉火烧。”陈团把汤接过来去厨房热了，父母亲坐在陈团的旁边，看着陈团一口口地吃完，陈团很努力地香甜品尝着。

父亲监督着陈团把证件、手机、车票什么的清点一遍，放心地说：“早点走吧，下雪路滑，早点走就不急了。”

陈团安静地出门，昨夜一晚上静默的雪，让这个城市显得虚假得纯洁。

还不起的债和驴子的萝卜

或许，世界上最远的距离，是你已经筋疲力尽，爱着的人却只想说你再努力一点点。

还不起的债

月近重阳人近中年，同学间的互动又熟络和频繁起来。

伟华是我们小学同学，在那个年代，因为妈妈是上海人，吃穿用度不是我们这些孩子可以攀比的。超出想象和认知的，他留给我们很多的羡慕嫉妒，那个年代学不会恨，最多偶尔欺负一下。伟华也聪明，那些新奇玩意儿或是好吃的，也将就着能得到庇护。真到了忍无可忍，妈妈出现了，倒不至于被打，就是语速极快地碎碎念，让孩子们彻底崩溃，最后再来几把糖果，加上温言细语的嘱托，基本都瞬间被降服。虽然过几天还是揍性不改，起码伟华得几天安宁。

伟华是单亲，这个是到了中学才知道的，那个年代，单亲是个压力很大的事情，总是和爸爸残暴犯罪生老病死、妈妈水性杨花有关联。大了，知道伟华的妈妈纯粹如现今人们谈的生活理念不同有关。想来，一个大上海的温婉细致女子，在西北的狂沙尘土里，自己活着就不易，再面对压根生活方式不同的丈夫，离了也是好事。

伟华很争气，妈妈很坚忍。在大多数人复读的情况下，他第一次高考就考上了交通大学，妈妈无微不至的关怀，也放弃了自己的人生，再也没有结婚。伟华的孝顺，体现在言行有礼有节，绝不忤逆母亲，到了二十来岁还没有夜不归宿、大醉一场的经历。起码在我们那个年代，这个事情让我们很鄙视，一方面自己会被自己的父母按照伟华的模样要求；一方面奇异于这样的年轻人，如何度过这么枯燥的青春。

后边渐渐没了消息。世界上总有一群人，能挖出你不知道的事情你寻找不到的人，有好事者近来靠着蛛丝马迹寻到了他，我们的聚会于是多了个参与人和话题者。我们幻想着他的成功，他与妻儿、妈妈其乐融融的幸福。让人下巴掉的事情是，他与妻女住在城西，妈妈住在了城东，逢了节假日才团聚一下。

七十年代的人，虽然有自己的原则，但包容任何人的想法和行动。大家不醉不归地热闹起来，他竟然也开始喝酒了，豪爽地威慑到酒棍们，没几杯，就剩下他追着别人满场喝。我笑得不行，可能是被他发现了，坐在我面前不走了。

“你是不是觉得我不孝顺，说啊，是不是，你说……”眼睛很亮，脸很红，贴得你很近，这样的人心很虚。

“没什么，奇怪罢了。”我推了一下眼镜，稍稍换了坐姿，离他远些，我又没醉。

“你有没有债永远还不清，利滚利，旧债未还新债又来啊……”

“你要说什么？你敢借就要敢还……”满世界借钱还钱的人。

“我妈的债我还不清，就算我拿一辈子去还，也还不清。那我还能活自己不，我就想活一下自己，你说我有错没？”

“你说我对我儿子吧，我就想，他大了就出去，最好别回来了，他自己活他自己的，我不让他还……”

驴子的萝卜

阿宝爱阿珍，爱得披荆斩棘、忘乎所以，无微不至地关怀和付出，小到痛经时的热水袋，大到职场里的左右奔波。阿宝不是备胎，阿珍也不是心机婊。阿珍永远觉得阿宝应该再努力点就好，阿宝永远不知道进度条到了什么位置。阿珍享受得不够心安理得，阿宝付出得总是心有不甘。

“德叔，你说我咋办，阿珍就像拉磨驴子面前挂的那个胡萝卜，我永远看得到甚至闻得到甚至似乎努把力就能够得到，但好像永远吃不到，也不知道吃了什么味道，我还日复一日地使着吃奶的劲儿拉磨……”

“分手呗……”

“分手？……”

“你不怕，真的吃到了，你觉得胡萝卜也就那样，你的付出得不值得？还不如，现在还留点念想，把这个胡萝卜供在你的心里呢……”

“这个这个，那阿珍怎么想啊，她真的不愿意给我弄个胡萝卜吗？”

“这个已经不是她想不想的事情了。你要她怎么办，你付出得越多，其实你离胡萝卜越远，阿珍知道那是个胡萝卜不是金山银山。你吧，努力这么久倒是有了道德优势，你多么无怨无悔的付出，不求回报只求真爱，你想怎么着，要她感恩要她珍惜？要她给你夸奖？那这个感情变成了债，变成了计算，她宁可永远做那个胡萝卜，也不会让你吃到的。”

“哦……”

我去见了阿珍，想落实我想得对不对。

“德叔，不是我不喜欢阿宝，也不是我多心机，这个事情好像从开始就是错的。阿宝不停地付出，最后都偏执了，不管我喜欢不，不管我接受不，不管我是否感恩，不管我是否认可，不停地自顾自地付出。我觉得他都不是爱我，而是纯粹为了完成自己的心愿和满足他自己的执着，我觉得换个人，只要是他内心觉得要得到爱，在我这样的位置，他一样会这样。而我，是个活生生的人啊，独一无二的我啊。

“我接受了，示好了，我心里的债也有了，我怎么办？那我宁可如他给你说的，永远做那个胡萝卜，或是阿宝自己不想要我这个胡萝卜了，换个胡萝卜。

“反过来说，就算我给了胡萝卜，要是阿宝觉得不值得那个付出，然后就让我还，怎么办？我都不能感恩，我也怕啊。”

“那你不怕背个不好的名声？”虽然我不在乎这些，只是不知道阿珍在意不？

“怕？怕啊，但我成全了他的名声啊，他可以说我不知好歹啊，但起码我还是他念想的胡萝卜，他可以给每个人说他为爱付出那么多，真的是爱。而我，也可以说为了爱，我宁可选择我愿意珍惜愿意感恩的啊。”

或许，世界上最远的距离，是你已经筋疲力尽，爱着的人却只想说你再努力一点点。阿宝和阿珍无疾而终……

秋天总是那样，晨雾和太阳永远分不清谁强谁弱，雾起来的时候，露珠在叶子上晶莹。真是雾霾，那这一天就别指望看到蓝天，如果太阳努力点，再加些秋风的撩拨和清淡，蓝汪汪的天也会清丽丽地出现，黄红的叶子们，也就会那么那么的美丽。

陌上花开

陌上花开梨花雨
菽麦渐黄桃红时
瓜问生熟李子紫
山水还来就菊花
桂香隐约月初满
雪白风紧小轩窗
霓虹烟火上元灯
半枝梅香入心来

陌上花开梨花雨

那时候情圣和田野，还在公司的宿舍混。情圣是高高大大的大厂矿孩子，颀长而略略有些弯曲，走路有点摇晃。因着在南京上的学，语调缓柔，羞涩而坚定。偶尔，烤肉啤酒伺候的时候，要啤酒时做作的陕西话，总让田野恨不得不认识他。

“情圣”属于田野报复性起的外号，一是够帅，二是对女人够细心呵护，再就是喝酒喝多了，谈的永远是爱和情，不像田野，从小就被叫各类老。

石雨也是他们一年来的，本分而精明，陕西话、普通话、河南话可以无缝对接。中规中矩，也紧跟潮流。冉冉升起的业务明星，昆乱不挡、八面玲珑，在田野看了，是既仰视又奚落。

岳莺早他们一年进公司，也混在宿舍里，也是厂矿的。这个城市在五六十年代东南西北搬来很多厂子，都叫着诸如“昆仑”“黄河”“红旗”这样的名字，曾经的辉煌和混乱可见一斑。岳莺的厂子是上海那边搬过来的，保留着那些与古城既格格不入又自我陶醉的小精细和精致。

情圣对石雨和岳莺都很好，好得肉麻，以各类早餐、水果和冷饮为主。剩下就是挡酒什么的，醉到哇哇吐，每次田野都让他吐，怕他回去宿舍再折腾。

菽麦渐黄桃红时

他们总是一起喝酒，间杂些对石雨、岳莺图谋不轨的人，再就是些田野拉扯着来付款的冤大头。情圣是烤肉啤酒的死忠，每回都让田野觉得辜负了他死皮赖脸拉来的赞助。

情圣是带手帕的男人，擦汗、擤鼻涕一体；岳莺是随时补妆的女孩，吃烤肉总是会把钎子头擦擦干净再吃；石雨永远不会让桌上的东西缺少和单调，还托大地不停数落他们；田野永远按着他的节奏吃喝，随时地拿着啤酒跟各类人一圈一圈一圈地喝，偶尔装作暧昧地看着两个女孩，心里想着下一把牛筋什么时候来。

情圣喝多了，会把衬衣脱了，光膀子，宽宽的肩膀，排骨架。衬衣就揉了扔在旁边的椅子上，一般岳莺会帮他叠一下。要是岳莺没理会，石雨会笑着骂着让情圣再穿起来，情圣穿了也会敞着怀。

岳莺拿指头捅田野的时候，田野一般会看情圣，大约都是他摇摇晃晃站起来的时候。努力咽着唾沫，阻挡呕吐的欲望，田野就指点着人买单，然后扶着他去犄角旮旯吐。然后捶着他的背，听他说他没喝多，或者不是因为挡酒喝不动那么多之类的话。

瓜问生熟李子紫

岳莺请着去酒吧，情圣洋酒不行，红酒也一般，这样的场合田野擅长。各类酒令和小游戏里，岳莺和石雨笑得放肆、喊得狂热，眼睛亮得顾盼，香水被汗的蒸腾带出来，胸娇羞着乱颤。田野是笑着看，情圣是瞄上一眼，就急匆匆地看别的，或是怯怯地抿上一口洋酒，做痛苦状。

酒吧的歌手是可以点歌的，情圣一贯数着自己的钱包点，他知道岳莺唱歌好，也就挑岳莺喜欢的点。然后就唠叨，驻场的唱得不好，还不如岳莺。岳莺得意地笑，石雨就会鼓动着岳莺上去唱。情圣就来翻田野的钱包，客人唱是要花费多的。

岳莺就去唱，唱的是真好，灯光如雾地给她光环，情圣就有点痴。田野继续和石雨玩酒令，这时候的田野一般无敌，就是有点心疼他的钱。

有一次，情圣要去和岳莺合唱，一出声，调子就跑到山里去了。田野是转着圈地打哈哈，把他和岳莺拽下来。那天石雨和岳莺喝酒杠上了，一杯杯地喝，走的时候岳莺非要开车，田野的车停在两棵树中间，她前后撞了两次才倒出来。

回到宿舍，情圣扶岳莺回了她宿舍，还帮岳莺脱了鞋，盖了被子。田野悄悄地走出来，刚在床上躺利索，情圣自己走进来倒在床上，长长地喘气。田野问怎么了，他说他喝酒喝得难受。田野说今天禁止吐，情圣说我知道。

山水还来就菊花

一起去爬山，山水声色，秋近云高。

女孩子爬山也是秀场，也是吃货附身。情圣背着大包小包，听她们为野花野草大呼小叫，跑前跑后地服务着。然后撅着屁股，给摆各类姿势的她们拍照。山水看似属于他们，其实属于田野。

田野埋怨她们的拖拉，他们嘟囔着田野只知道爬，属于傻爬。情圣笑着说，两个美女就知道美和吃，一个帅哥就知道服务和背东西伺候，一个大爷自顾自地爬山。

在一处溪潭边休息，石雨在接岳莺递的水果时，一脚踩空把脚脖子崴了，疼得花容失色，眼泪哗哗的。情圣连蹦带跳地过去，问怎么回事。石雨就是疼得哭，断断续续埋怨岳莺，岳莺尴尬站在一块石头上求助地看着田野。田野说，自己不小心，不至于，情圣，你扶她下山去。然后一片安静。他们下山，岳莺看田野，田野说你也跟着下去吧，我登顶后就下来。

夕阳即沉的时候，田野回到山脚。三个人有说有笑的，岳莺和石雨，都戴着情圣给编的雏菊花环，黄艳艳的耀眼而醒目。石雨情绪很好，岳莺也在暮色里牙齿白白地笑，情圣有点累瘫的感觉。

大约后来，情圣还接送石雨上班下班，断断续续也有半个月。

桂香隐约月初满

岳莺出差回来，带了不少土特产，约着田野一起喝酒。岳莺和田野喝酒不讲究，因为知道讲究了，田野就烦了。

说起情圣，田野问她是不是喜欢情圣啊，她问为什么会喜欢情圣。田野说："你嘚瑟得厉害，特别是石雨在的时候。"

岳莺缓缓摇摇头，抿了一下嘴唇，说："爱吧，就好比是女人的美容院，反正能爱能喜欢的时候，干吗不去爱和喜欢呢？"

"那你拉出一个舍我其谁的架势，干什么啊？"田野不喜欢她这样对情圣。

"他乐意啊，我也乐意啊，石雨倒是喜欢他，他未必乐意啊。"

岳莺捋一下头发，眼睛亮起来，歪着头。

“那你就保证情圣会喜欢你？”

“奇怪了吧你，我美我的，和他喜欢不喜欢有关系吗？这好比，我点了一堆火，你高兴了来取暖，不高兴就走人，但最好烤火别烧到你。我就好比那堆火，我烧我的，美丽不美丽和你看不看、喜欢不喜欢有关系吗？”

田野翻来覆去也没想明白，酒倒是喝了一大堆，爱谁谁地成功把岳莺灌醉，送她回了家。

雪白风紧小轩窗

田野约石雨吃火锅。

石雨专门回去换的衣服，甩开腮帮子吃，在田野面前她俩倒是都不拘束。

“近期和我们玩得少了啊，忙什么呢？”

“哪有啊，累得跟狗似的，还玩呢？咱公司你又不是不知道，你得先把你不当人，然后让公司把你不当人，就齐活儿了。”

“得了吧，见你没少出去吃喝，怎么，不喜欢情圣了啊。”

“情圣？你不觉得情圣就是个情种啊，不是说滥情的那种啊，是真的情种啊，他那么认真地爱，谁受得了？”

“那你撩拨人家干什么啊？”

“我那是好心，要是情圣真喜欢了岳莺，我估计小伙儿还没明白怎么回事，就死去活来的。你也是的，看不出来啊，多情必自伤，你还好意思说是情圣的同居男友呢？”

“滚蛋，不被你们带沟里我就不错了，在你没有决定把自己打发之前，吃喝记得我就行。”

“打发？”

“婚呀。”

跟石雨吃饭，自然田野掏钱，但田野不担心。这钱值，反正她会千方百计还回来。

霓虹烟火上元灯

情圣春节后准备辞职走，这几年是没干出什么名堂，憋屈得有点更弯曲的架势。

田野趸了一瓶老白汾，和他在宿舍里啃鸭脖。

“走呀？”

“走！”

“想好了没有啊？”

“这个要想得那么明白吗？”情圣倒把田野问无语了。

“对了，情圣，岳莺和石雨你到底喜欢谁啊。临走，收一个算了，出去可不好踅摸了。”

“**你不懂，有些人你可以爱，但不能让她爱你。你爱她你享受，她再爱你，你就死定了。**比如石雨……

“还有些人，**有些爱就是自己的感觉，你自顾自地爱就行了，跟对象是谁没关系，当然对象能有感觉最好。**比如岳莺……

“还有些爱就是奔着成功去的，但凡不成功，这个爱自然就没了。

“**爱情这东西，跑得太快了，把自己撞死；走得太慢了，被这个世界轧死……**”

真他×的是情圣，田野一边咒着，一边从背后托出一瓶西凤，老白汾加西凤，不整死你不算完。

半枝梅香入心来

那个年代总是不缺钱，因为钱已经花光了，也没地方去要更多的。

那个年代总是很快乐，因为来不及忧伤，悲伤不如去醉一场。

那个春天其实蛮无聊的，因为都各自玩各自的，假装忙碌和崇拜忙碌。

偶尔田野想，那些曾经让自己寝食难安的事情，大多数也就是自己的想象罢了。

也或许，那些曾经让你刻骨铭心的爱情，你为了继续活下去，都会被各类轻描淡写的理由改变。

来不及死的英雄

据说，老兵去世前几年，已经不再从梦中惊醒或是梦呓战友，或许知道这一辈子就这样了，也只能这样了，没有梦想也不必梦了。

我认识的一个抗日老兵死了，我很悲伤。他从一个来不及死的英雄，变成了一个死了的英雄。

作为“川人不负国”的一员，生死不苟，道义长存。于我，除了敬畏，倒多了几分对人生的解读。

之一，选择有时候是没有理由的。

他参军，据他讲当时他是学生，鼓舞抗日中，见到一幕场景：募捐时，士绅踊跃、全民激昂，自愿的、被裹挟的、被感染的。现场有个老师，跪在捐款台前，谁捐钱物，无论大小磕一响头，掷地有声，血流满面。一时热血激愤，就报名参了军。

虽然后边他寻找太多的理由给我讲为什么参军，如国仇家恨、堂哥也去、可以看看外面的世界、以为日本人没那么厉害等等，千奇百怪。但在我想，**如青春时人生的选择，所有的理由都是后来编造的，当时的选择其实没什么确实的东西。**真到了你给自己的人生梳理，反倒是寻找各种必需的、堂而皇之可以摆得上台面的理由，估摸着人也垂垂老矣。

人生的开始总是没什么理由发端的，但那些每一个人的选择真正影响你一生的，那一刻你却根本无法了解自己的内心，或许这是自由意志的一部分？

之二，以为简单的事情最复杂，以为会成功的一定失败。

他参加淞沪会战，所有的人都以为会胜利，没那么悲观。但是打起来就知道不是个儿了。他们就不知道该怎么打，打了半天，才发现连弹药补给什么的都不够。像极了老家的街头斗殴，一群不知道怎么打、拿什么打的人，跟几个练武的对练，周边还一群鼓噪和看热闹的人，看热闹的比打架的人还急。

那时候他才知道打仗死人是很容易的，而且和胆大胆小没关系，跟你冲不冲也没关系。你要学会打仗，要学会信任别人，要告诉自己一定能扛住、能活下去。老兵也一样蒙，老兵讲川内混战的时候，就不是这个打法，现在的对手不一样了。那时候一点都不怕小日本太能行，就是埋怨自己不行。

人生都是被裹挟着进入的，都以为人生很简单，有可以学习的成功的人、各类范本，自己可以战胜这个世界。但当你明白自己什么都不会，什么都没有的时候，你只能选择接受这个现实，扛得住、学得会，还要相信和你一样的人。**世界不会给你埋怨对手厉害的机会，活得下去，就有机会再来。**永远不要在意，你行进人生时周边人不时地聒噪，活下去才能活得更好。

之三，以为注定失败的或许会成功，人是值得尊重的。

长沙之战，所有的人抱着必死的决心，就是大不了你从我尸体上踩过去。那时候已经打皮、打红眼了，满脑子就是打仗，有没有钱、活不活得下去都没关系。打仗执法队都不用，也不用赏钱刺激，钱在生死面前屁都不是。那时候打仗就像跟自己较劲呢，我活过这一刻，阵地守住了，我没死，还收拾小日本了，下一刻怎么样无所谓。

堂哥是在长沙战死的，死的时候内里还穿着家里带的衣服，战前就说死了也整齐些。还没死的时候，在救护所痛得骂娘大喊，他拿自己藏的银圆塞给医生，才打的止痛针，但是还是死了。

人生到底是为了必输的事情前行，还是为了必胜？你以为死很容易，但活着更不容易。**英雄都是来不及死的那些人，死掉的或许只能称得上更英勇。人生就是活着而已，你以为是为了什么而战斗，想来也就是“活着”二字罢了。**跟自己较劲比跟这个世界死磕有用得多，太多的时刻，你活下去就是人生的成功。

之四，战争是什么，仇恨是什么。

当我问他关于仇恨和战争的问题。他觉得战争本身就是个怪物，开始了，就跟发动战争和参与战争的人无关了。里面的血腥情仇，其实真的谈不上道义了。道义是战争之外的行为，比如残害老百姓什么的。战争中，当兵的就是活着去干掉对手或者被干掉，或者死了也要干掉对面的人。大不了我死，死也没什么大不了。

至于仇恨，家国情怀、国仇家恨，不是没有，没开战宣传时血也涌上来。但真正打起来，最大的仇恨是我身边的人死了，是我的阵地死了那么多人被你们夺走了。我死可以，但凭什么是你们让我死，我还没活够呢，我还没让你死够呢。

我们热衷于把我们的人生描绘成一场战斗，人生从此充满战争。你选择了一个对手，就选择了一种战争和仇恨的方式。只要你开始和世界对战，其实已经和你的人生初衷一点关系没有。选择和自己对练还好，选择和这个世界或别的什么人，或是臆想出来一个对手挑起战

争，那你行进的肯定不是你的人生，而是属于仇恨的人生。

之五，人生的荣誉和成功

“川人从未负国，国人绝不负川”，我总是问他值不值得。他说，我做我应该做的，我活着也活下来了。至于你们该做的，是你们的事情。战争里我是战士，也配得上战士的称号，现在我也就是跟你一样的人。至于我能不能得到什么，这个我说了不算，你们说了算。死掉的或许反而得到了，他们是英雄，我是普通人。活下来的倒还要计较我应该得到什么，或是为了死去的人争点什么。

或许人生的成功，压根就跟你得到什么没关系，你越努力得到，却永远得不到。那些失败的人反而是一个个悲壮的碑石，那些成功的要么需要面对下一场较量，要么夙夜拷问我该得的为什么没有得到。

每一次的成功、胜利，都不是一个结果，而是一场开始。所谓对成功最大的戏谑，就是你以为成功能得到的和你实际得到的永远不合拍；在你享受你成功的时候，别人已经不在意了；在你以为自己还是成功者的时候，世界已经把你归结为失败者了。

其实他说的每一次都不太一样，不是说他老了，是他总是会告诉他自己记忆的不对，还可以更丰富，或许仅仅是他喜欢对自己的记忆装饰、篡改而已。口述的或许更接近历史，也或许不比玄幻神话强多少，跟我们对自己的人生评价差不多。

据说，老兵去世前几年，已经不再从梦中惊醒或是梦呓战友，或许知道这一辈子就这样了，也只能这样了，没有梦想也不必梦了。

一个来不及死的英雄，成了一个死了的英雄，成了一个死去的人。